兒童文學與閱讀（一）

林文寶　著

張晏瑞　主編

自序

　　自1971年8月1日任職當時的臺東師專，至2009年1月31日退休，共計有37年又6個月。退休後，又蒙蔡典謨校長關愛，新設「國立臺東大學榮譽教授敦聘辦法」，於是我成為校方第一位榮譽教授。

　　在校服務期間，就學校體制而言，歷經師專、師院與綜合大學等不同階段。亦曾兼任各種不同職務。其中，最難於忘情的，仍是學術。就學術行政而言，曾創辦語教系、兒童文學研究所，以及籌設教育研究所。而我的學術歸屬是以兒童文學為主。

　　走進兒童文學的天地裡，原非本意，亦非所願。或許可以視是因緣與巧合所致，想不到幾經努力，卻發現其中也別有洞天，於是乎一頭栽進。自1975年4月發表〈兒童文學製作之理論〉（見《東師學報》第三期，頁1～32。）以來，亦有36年之久。其間，除專書以外，每年也有單篇論著。在單篇論著中，除《兒童詩歌論集》之外，未有其他選集出版，今將單篇論述依性質分成四類：

　　兒童文學與書目
　　兒童文學與閱讀
　　兒童文學與語文教育
　　兒童文學論述選集

　　每類集結一冊出版，目錄則依發表時間為序。

　　收錄在各冊中，有幾篇小文章，它是我啟蒙創思的起點。對個人而言，值得珍視。至於有未註明發表時間者，則是演講的文稿，雖然有部分嫌簡陋，因敝帚自珍，一併收錄。

　　在結集論述過程中，自當感謝諸多助理的幫忙（魏璿、楊郁君、林依綺、蔡竺均、蔡佳恩、顏志豪、陳玉金、林庭薇）。尤其是志豪和玉金參與全程。還有，從香港來的王清鳳、陳淑君，亦參與校對，在此一併致謝。

目　　錄

從必讀書目談起
——師院生必讀書目

　　所謂「必讀」，是指非讀不可，具有指令的意思；而「必讀書目」，則是非讀不可的書。就文法而言，是省略起詞的敘事簡句。

　　必讀之書，自古有之。孔子曾有「不學詩無以言」、「不學禮無以立」（見《論語・季氏》）之說。又《論語・述而》篇「子所雅言，詩、書、執禮，皆雅言也。」可見孔子平日常以詩、書、禮教弟子。而後，儒士非但要具有禮、樂、射、御、書、數等六藝之必要的知識與技能，更要有五經的基本學養。至南宋，朱子於孝宗淳熙年間，合輯《論語》、《孟子》、〈大學〉、〈中庸〉成集，名為「四子書」、通稱為「四書」，並於元仁宗皇慶二年（1313年）以後，成為科舉士子必讀之書。

　　總之，所謂必讀書目，歷代有之。其間或以清末張之洞的《書目問答》為集大成；但該書雖具有書目之實，卻無必讀之效。民國以後，由於西潮東漸，傳統文化面臨危機，於是又有國學必讀書目的流行。其中，要以胡適、梁啟超兩人的書目最為著名。

　　胡適應清華大學畢業生即將出國留學的胡敦元等四人之請，擬了份書單，叫做〈一個最低限度的國學書目〉，並於2年3月4日刊登於《努力週報》的增刊《讀書雜誌》第七期上。胡適所擬書目，計分三類：

一、工具之部　14種書

二、思想史之部　72種書

三、文學史之部　81種書（以上詳見遠流版《胡適作品集》冊七，頁127～142）。

　　三類合計167種。當時《清華週刊》記者，並於當月11日致
函請教。於是胡適在擬一個〈實在的最低限度的書目〉39種（同
上，頁144～145）。而梁啟超看了胡適的書目深不以為然；他
接受《清華週刊》記者的要求，撰寫〈國學入門書要目及其讀
法〉，並有附錄三篇。（以上並見同上，頁146～175）其中附錄
即是〈評胡適之「一個最低限度的國學書目」〉，該文最後的總
評是：

　　　　總而言之，胡君這篇書目，從一方面來看，嫌他罣漏太
　　　　多；從別方面來看，嫌他博而寡要，我認為是不合用的。
　　　　（同上，頁175）。

　　梁氏並有「最低限度之必讀書目」列於附錄一。所列書目約
為30種，並謂：

　　　　以上各書，無論學礦、學工程……皆須一讀。若並此未
　　　　讀，真不能認為中國學人矣（同上，頁67）。

　　後來再開必讀書目要皆以量少為主。如高明先生於〈國學的
研究法〉一文裡，曾列舉十部立根基的必讀書目，他說：

　　　　民國以來，梁任公、胡適之、錢基博、汪辟疆先生都曾開
　　　　過書目，他們所開的書目，最少的（如梁任公的最低限
　　　　度之必讀科目）也有三十部書左右，多的開有一百幾十

部書。王雲五先生為商務印書館出了一套國學基本叢書，目錄裡就列四百部書，以中國圖書的浩瀚，選了四百部為基本的書，誠然也不算多，但是讓現在的青年看來，恐怕要望而卻步了。我曾經把他們所開的書目減縮為十部，那就是《論語》、《孟子》、《荀子》、《禮記》、《左傳》、《史記》、《毛詩》、《昭明文選》、《文心雕龍》、《說文解字》──這可說是真的「最低限度的必讀書目」了。（見1978年3月黎明版《高明文輯》上冊，頁105）。

又錢穆先生於〈讀書與做人〉一文裡（見1979年8月東大版《歷史與文化論叢》，頁363～372），認為《論語》、《孟子》、《老子》、《莊子》、《六祖壇經》、《朱子近思錄》、《傳習錄》等七部書，是中國人在修養方面人人必讀的書。後來，在〈中國人的思想總綱〉一文中，又強調是中國人人必讀的書，並稱之為「中國新的七經」。（詳見1979年8月聯經版《從中國歷史來看中國民族性及中國文化》，頁85～88）。

除此之外，蔡信發先生於〈也談必讀書目〉一文裡（見1984年12月15日《中央日報》副刊），則以《四書集注》、《禮記正義》、《史記會注考證》、《資治通鑑》、《荀子集解》、《老子》王弼注、《莊子集釋》、段注《說文解字》、《古文觀止》、《唐詩三百首》等十部書為真正最低限度的國學書目。

總之，有關必讀書目，仍有多種不同的說法。有興趣的人可以參考下列各書：

《書目類編》嚴靈峰編輯　成文出版社　1978.5

《國學方法論叢》（書目篇）　黃章明、王志成編　學人
　　文教出版社 1979.10再版

《好書書目》胡建雄編　爾雅出版社　1979.9

《好書書目》隱地、胡建雄合編　爾雅出版社　1983.1

《中學生好書書目》陳憲仁策劃　明道文藝雜誌社
　　1984.12

　　其實，所謂「必讀書目」，就文法結構而言，是屬於省略起詞的敘事簡句。這種敘事簡單的基本句型是：

　　起詞—述詞—止詞

　　就修辭而言，似乎可約化為「讀書」二字；因此所謂「必讀書目」，必須考慮對象、目的和性質。

　　我們知道，對象不同，則所謂必讀書目亦有所不同。如錢穆先生的對象是指全部的中國人；而高明先生則是指研究國學的人。

　　又讀書有各種不同的目的；或為考試，或為充實自己。張春興先生在〈怎樣突破讀書的心理困境〉一文裡，認為讀書至少應有三種目的：

　　1.文化傳承的目的。

　　2.實際應用的目的。

　　3.生活充實的目的。（1982年10月 東華版《怎樣突破讀書的困境》頁6）。

讀書因目的不同，則必讀書目也會有不同。

至於書的性質，也有消遣書、教科書、工具書、專門書的不同；因性質不同，必讀書目也會有所不同。

　　因此，本文所謂的師院生必讀書目，亦當從對象、目的、性質方面加以解說。

　　師院生是起詞，也是所謂的主詞，這個主詞的界定，限制了所謂的必讀書目的範圍。我們知道師院生是明日從事小學教育的工作者。大學教育，它的基本功能雖是發展知識，造育人才；而師院的教育卻更著重於經由專業訓練培養出能教書、會教人，而且願為教書教人長期奉獻的現代教師。這種老師具備專門知識、專業知識、專業精神；這是師院教育的主要教育目標。這種教育目標，也就是一般通稱的博雅教育、人文教育、人格教育。我們自古有經師、人師之說，而師院教育即是透過專業訓練培養出來經師、人師兼具的良師。

　　現代的師院生相當於古代的「士」，尤其是在這多元文化的社會裡，更必須拓展視野。因此，關心的層面不應侷限在自己本科系那些專業的範疇，而應擴充到整個國家、社會，所以涉獵的書要多、要廣。書就歷史言，有新、舊；就性質言，有專業、修養、欣賞、博聞、新知、消遣的不同。在這資訊化社會裡，有關專業、知識技能與常識的書可說日新月異，正是所謂的「知識爆炸」，在這知識價值快速變異的時代，只有掌握資訊才能擁有知識。但是在良師的特定規範下，我們認為仍有些千古不易的傳統典籍在。這些書具有永恆性、民族性。對師院生而言，有助於我國人師的養成；申言之，師院教育的目標是在透過專業訓練培養出來經師、人師兼具的良師；這種良師，也就是韓愈所說的：

「所以傳道、授業、解惑也」的「師者」。又我國向來把「尊德性」與「道問學」並提，這種知識與德性並重的人文教育，是我國歷代教育的特質所在。這種人文修養，即是講究做人的道理與方法；懂得如何做人，才是最高的知識；學如何做人才是最大的學問。學做人是人最切身的問題，任何一個社會、一個民族，都有其教人做人的道理，生長在這社會裡的人，都要接受這社會教我們做人的道理。我們知道所謂的良師，並非只是傳授知識的經師，而是在知識之外，在學生成長的旅途中，啟發、引導、鼓舞學生向上的人師。因此，良師是嚮導、是表率、是追求者、是顧問、是創造者、是權威、是鼓舞者、是常規的力行者、是窠臼的打破者、是說書者、是演員、是面對現實者、是評量者。在這社會變遷中接受教育的現代學生，其心理成長的歷程，比前人更為困難，也更需要教師的教導。又今日學生的學習，已不單是學校圍牆內的學習活動，事實上已擴展到：只要能提升生活價值和生命意義的人類經驗，都應包括其中。這種「潛在課程」的推演，更肯定教師在學生學習過程中的重要性。尤其是在「情意領域」方面的學習，更是需要有人師的引導。

　　申言之，在這西風東漸的時代，中國傳統文化面對「中學之體」如何保住與「西學之用」如何開展之際，首要之途在於「定位」。個人認為師院生必須以中國文化為立足點。錢穆先生在〈中國文化傳統在那裡〉一文裡曾說：「**我講中國文化有三大傳統：一個是中國人，一個是中國的家，又一是中國的國。**」（見1971年7月自印本《中國文化精神》，頁25），這種文化中國的教育觀，是我們必須肯定的前提。

　　所謂文化中國的教育觀，亦是博雅教育、人文教育、人格教

育。在這種文化中國教育觀或博雅教育規範之下的師院生，除了「道問學」之外，更應致力於「尊德性」，這是教育的宗旨，也是我國歷代教育的特質。是以個人認為今日師院生確實有必要讀一些非讀不可的傳統典籍。這些必讀書目，旨不在專門知識的追求，但卻有助於專業知識與專業精神的養成；更重要的是會養成有根有源的中國人的教師。特此，考量前述各種必讀書目，提供左列十五部書以供參考：

　　《四書》、《老子》、《莊子》、《六祖壇經》、《朱子近思錄》、《王陽明傳習錄》、《古文觀止》、《唐詩三百首》、《三國志演義》、《水滸傳》、《西遊記》、《聊齋志異》、《老殘遊記》、《儒林外史》、《紅樓夢》。

　　上列十五部書可分為兩大類，即思想與文學兩類。要皆以博雅教育為前提。其中思想類六種，以錢穆先生的書目為據；錢氏僅列《論》、《孟》，個人以四書並列。文學類又可分為兩類，即詩文與小說。在博雅教育的觀點下，列入《古文觀止》與《唐詩三百首》，可說是最合適的兩部書。至於列入七部小說，或許會有不同的意見，尤其是在「**士之致遠，先器識，後文藝**」（見《新唐書・裴行儉傳》）的觀點之下，更會有人不同意。但個人認為傳統的教育，似乎缺乏以兒童為本位的認知，尤其是在「文以載道」的觀念下，教育不具有活潑的傾向。其實，在多元社會裡，「**先器識，後文藝**」的論點已不足為訓。梁啟超在〈論小說與群治之關係〉一文裡，曾暢談小說具有「熏、浸、刺、提」四

種支配人道的教化力。又由唐、宋以來說書等民間娛樂,更可小說的教育性。個人認為小說也是一種知識或文化的源泉。

　　在所列舉的七部小說中,皆屬經典名著、其中與民間文學、兒童文學息息相關。身為未來小學教師的師院生,更當耳熟能詳,以備教學或引發之用。又今日讀書治療亦大都以小說為主,我們知道在學生的成長路上,文學中的小說,似乎是他最好的朋友,為今日博雅教育而計,捨小說其誰?

　　綜觀所列十五部書,皆以人文科學為主,所謂「**觀乎人文,以化成天下**」(見《易・賁彖》)又「**舍諸天運,微乎人文**」(見《後漢書・公孫 傳論》)。蓋人文教育乃是教育之基礎。師院同學在學四年,除尋求專門知識與新知外,理當對人類知識文化有相當程度的了解;尤其是對自己民族的學術文化有一基本的欣賞與把握。是以所列十五部書或可作為四年裡的必讀書目,在成長歷程的四年裡與你們同行,並願以此與全體同學共勉之。

　　(本文1989年11月刊登於《國文天地》,第五卷・第六期,頁100～103,臺北市。)

談讀書

讀書是知識的火種。

讀書是智慧的泉源。

讀書是一種心靈的探險。

孔子曾說：

> 十室之邑，必有忠信如丘者焉；不如丘之好學也。（《論語》公冶長篇）

> 吾嘗終日不食，終夜不寢，以思，無益，不如學也。（衛靈公篇）

黃山谷也說：

> 士大夫三日不讀書，自覺語言無味，對鏡亦面目可憎。（見《巖棲幽事》）

而今人高希均也說：

> 清寒而不寒酸，小廉而不俗氣，這個關鍵就在當事人是有書卷氣，還是市儈氣？也就是當事人是否重視讀書、是否熱衷知識、是否追求精神層面。（見1985.1、《天下的書》第五期）

　　一般說來，知識的獲得有二途：一是直接經驗；一是間接經驗的獲得，主要是靠讀書。因此，讀書是走進入人類知識的廣闊領域的一個重要途徑。

　　讀書一詞，似乎人人皆能知曉。但若深究起來又似非淺顯。林語堂在〈讀書的藝術〉一文裡說：

　　　什麼才叫做真正讀書呢？這個問題很簡單。一句話說，興

味到時，拿起書本來就讀，這才叫真正的讀書，這才不失讀書的本意。（見大漢版《讀書的藝術》頁85）

這是種很即興的讀書，如果興味不到，那就不用讀書。《國語日報辭典》的解釋是：

1. 閱讀書籍。是正統的啃課本，不是看閒書。
2. 國民小學「國語」科的要項之一。由老師教學生怎樣了解文意，欣賞文句。（頁782）

這樣的解釋，似乎也未能道盡讀書的真正意義。

又徐蓬軒在〈讀書座右銘〉裡，曾引華因的界說如下：

華因說：讀書這個名詞的含義，是指一種有目標有系統有範圍的工作，不僅止於字面所表示的。（見信誼版《讀書作文研究》合刊本頁1）

傳統的讀書是指印刷的書，然而今日的書卻有很多的種類，任何的傳播媒體都有傳播知識、教育大眾的功能，印刷只是一種媒體，因此我們對書的概念應該有所改變。或許我們可以從多重智力的觀點來重新界定書的範疇。我們知道，雖然在學校裡曾天天與書為伍，但真正知道怎樣讀書，並且能品嚐到書中情趣的實在不多，因此，所謂的讀書，似乎不是可隨個人喜好來決定的事。就意義上說，讀書是要求增加知識，而能「日知月無忘」的記憶工作。再進一步說，那又是一種學習法，如試驗、觀察、

實驗等的學習方法一樣。不過，讀書是最經濟最普及的學習法而已。徐蘧軒認為：

> 我們可以明白讀書有三個要件，就是（一）記憶，（二）學習，（三）思考。現在再表示其關係如下：

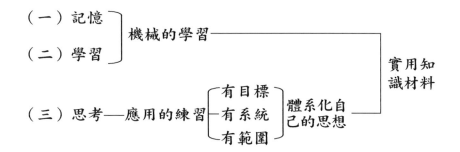

由此可知，讀書並非簡易，尤其有關「讀書方法」，似乎亦成為一項專門的學問。所謂讀書，並不就是正經的啃課本，由小學到中學到高中，甚至大學研究所，為功課讀書的那一類。這種的讀書只是屬於單行道的讀書。真正的讀書，應該是雙線道、四線道，以至於交流道式的多方面、多孔道，有來有往的讀書，如此才會有效果。

讀書是一種最普及的學習方法，同時也是一種重要的思考傳遞達「工具」；並且也是一種複雜而需要技巧的思想傳遞工具。因此，古今中外有無數學者談論過讀書的問題，張春興教授在《怎樣突破讀書的困境》一書裡，曾綜觀各家意見，認為大致不出三大主題：

> 其一，為什麼讀書；其二，讀什麼書：其三，怎樣讀書。

（東華版，頁4）

張教授認為第二個問題比較單純，且與第一題有關。如果讀書的目的確定，讀什麼書自然也不成為問題。試就第一與第二兩問題略述如下：

為什麼要讀書？讀書有什麼價值？讀書的目的何在？

有人說讀書是沒有目的，只是消閒解悶、打發時間。

有人是為吸收知識，充實自己。

也有人是絕對沒有功利色彩的研究、讀書。

不論其目的何在，我們相信讀書的目的與價值，和時代、社會有錯綜的關係，斷非片言可決。張春興先生認為讀書，至少應有三個目的：

1. 文化承傳的目的。
2. 實際應用的目的。
3. 生活充實的目的。（同上，頁5）

由此可知，讀書是與生活一致的；也就是說讀書是生活所必須。讀書可以致用，可以改善人類生活。同時，讀書更可使人類文化連續發展，人類之所以進步，是累積無數人類不斷努力所造成。是以朱熹說「**讀書是求學問的第二事。**」（見遠流版「朱子讀書法」，頁3）

至於怎樣讀書，是讀書的重心。其中最為大家所熟悉者，可能是朱熹的「博學、審問、慎思、明辨、篤行」，以及胡

適的「眼到、口到、心到、手到」等四到。其失在於空泛與
籠統。學習心理學興起後，始有科學的讀書方法。其中又以
SQ3R的學習方法最為有名。此法為美國愛阿華大學教授羅賓遜
（F. P. Robinson）在二次世界大戰時為美軍特種訓練所設計。
S代表Survey，即綜覽；Q代表Question，即問題；第一個R代表
Reading，即閱讀；第二個R代表 Recite，即背誦；第三個R代表
Review ，即復習。概括來說，SQ3R代表學習過程中的五個步
驟。此法適用於閱讀一般教科書與參考書。以後其他的方法，或
多或少皆受SQ3R的影響。其實，過分強調方法，有時並不能突
破讀書的困境。孟子萬章篇有段話說：

> 伯夷，聖之清者也。伊尹，聖之任者也。柳下惠，聖之和
> 者也。孔子，聖之時者也，孔子之謂集大成。集大成也
> 者，金聲而玉振之也。金聲也者，始條理也，玉振之也
> 者，終條理也。始條理者，智之事也，終條理者，聖之事
> 也。智，譬如巧。聖，譬如力也。由射於百步之外也，其
> 至。非爾力也。

我們相信，如果不能射於百步之外，而奢談百步之外的射中
技巧，事實上是沒有多大的意義。因此，所謂傳統學者們對「怎
樣讀書」問題，只是客觀的從指導者的立場提供了普遍性的原
則，而從未從讀書者本身的角度考慮影響讀書效果的因素。是以
張春興先生從心理學的觀點，認為讀書一事應同時考慮的三個問
題：

第一，能不能讀書？

第二，願不願讀書？

第三，會不會讀書？（見東華版《怎樣突破讀書困境》頁
7～8）

引申的說，能不能讀書，是指個人有沒有讀書基本能力。基本能力不足，則會事倍功半的反效果。在心理學中，讀書是種學習行為。學習的心理基礎是智力和性向；前者屬普通能力，智力高者對一般事務都可以學習。後者屬特殊能力，性向偏於某一方面者，經學習後可能在該方面表現比較特殊的成績。能不能讀書是最基本的主觀條件，具備了這個條件，然後才能談其他問題。我們知道，在學習某種專門知識之前，必須具備某些基礎和經驗做為起點，這是所謂的「起點行為」，起點行為是基礎，是經驗。舊經驗如果不夠用，則新經驗學不來。這種起點行為可解釋為讀書所需的能力，也就是平常所說的閱讀能力。有了閱讀能力才能看得懂，讀得通；看懂讀通之，始能吸收書中的新知識。一般所謂的閱讀能力，是指學科基礎和語文能力而言。

而願不願讀書，是指動機與興趣而言。讀書要有成果，必須靠個人自動、自發、鍥而不捨的長期努力。自動自發是一種內在的力量，此種內在力量，在心理學上稱為動機。動機促動的行為，如專注於某一特定事務，就稱它為興趣。讀書要有績效，必須從讀書者的主觀立場去考慮如何引起並維持動機和如何培養興趣去著手。有動機，才會接觸書本，因接觸而有讀書的活動。由讀書的活動中引發興趣。惟其有動機興趣，方能擴大加深為樂趣，也因此而使讀書成為一種習慣性的行為。

　　至於會不會讀書，即是指怎樣讀書而言，也就是所謂的讀書方法。事實上並無行之四海而不變的讀書方法或策略可言。孟子說：

　　離婁之明，公輸子之巧，不以規矩不能方圓。（離婁篇上）

　　大匠誨人，必以規矩，學者亦必以規矩。（告子篇上）

　　梓匠輪輿，能與人規矩，不能使人巧。（盡心篇）

　　我們知道，方法與學者本人的價值信念與思想有關，更關係認知及感性對象的性質。所以，不能硬套，也不能任意移易。由此可知，方法並非一成不變，惟有掌握原則或規矩，了解讀書方法的變通性與主體性，方能達成讀書的效用。也就是要知道對什麼的書怎樣讀，在什麼條件之下怎樣讀，如此才能達到具體實用的目的。（以上參見《怎樣突破讀書的困境》頁7～8）

　　持此，可知只有從上述三方面同時著手，讀書的心理困境始有突破的可能。

　　總之，我們要了解，讀書越主動，就能讀得越好。如果能擴大讀書範圍，當然要比別人讀得更好，能不斷自我要求，讀書當然會更有成果。多讀書，可以使我們明瞭生活的目的，使我們的理想變得更崇高，使我們更加長進。書是人類進步的階梯，讀書越多，就使我們和世界越接近，生活對我們也變得越加快樂和有意義。在民主社會中，財富可以獨享，但知識很難獨佔。如果其他條件一樣，一個多讀書，知識較多的人，大概比較容易有客觀的態度、開放的胸襟、進取的意願以及自知之明。

　　托佛勒在《大未來》一書中認為「爭奪未來主導權的人，必須運用暴力、財富和知識。」（見時報版，頁10），同時，他更認為「於三個工具中，最有用的還是知識，可以用它來獎懲、說服和甚至轉化，譬如化敵為友。還有，只要掌握正確資訊，可以避免浪費錢財與力氣。」「無論暴力和財富，都必須賴知識才足以發揮真正的力量」（同上，頁15）又《第一次全球革命》一書中有段話：

> 面對世界問題的挑戰中，人類有三項工具可聽其使用，以走過這個過渡時期。這三項工具並不新穎，只是需要以全球觀點給它們一些適當的方向，以應付世界新情勢。這三項工具是：透過教育不斷學習，科學和新科技的貢獻以及大眾媒體的角色。（時報版，頁169）

　　面對理性的高漲，以及複雜的科技，世界瞬息變異，已無恆久與不變可言。是以來愈多人體認到生而為人的意義。或許我們可以說：讀書是文明生活中所共識的一種樂趣。遠離了讀書，就失去了樂趣。

　　且讓我們拋棄塵世，抖落一身俗氣，做個快樂的讀書人。

　　（本文1992年6月刊登於《國教之聲》第二十五卷‧第四期，頁56～60，臺東市。）

排列組合與拼湊

　　寫作是一種探討尋找的過程，而不是在鋪陳既定的推論或解說標準的程式。

　　當然，閱讀自然也會是一番搜尋的功夫，亦即是思考的過程。實際上就是參與寫作，也是一種嫁接活動。在這種活動中添了許多東西，但非隨意增添，而是在本文半推半就的狀況下填入的，由於這種填入，本文產生增殖，產生意義的播撒。

　　閱讀作品，展開創造，它是人類的一種需要，一種生活的形式。

　　仁者見之謂仁，智者見之謂智。

　　盡信書，則不如無書，吾於武成，取二、三策而已矣。

　　好讀書不求甚解；每有會意，便欣然忘食。

　　書不盡意，言不盡意，然則聖人之意，其不可見乎？子曰：聖人立象以盡意。

　　子夏問曰：「巧笑倩兮，美目盼兮，素以為絢兮，何謂之也？」子曰：「繪事后素。」曰：「禮後乎？」子曰：「起予者商也，始可與言詩已矣。」

　　臣奉王令，引彼瞽入，將之象所，牽手示之。中有持象足者，持尾者，持尾末者，持腹者，持脇者，持背者，持耳者，持頭者，持牙者，持鼻子。瞽人于象所爭之紛紛，各謂己真彼非，使者牽還，將詣王所。王問之曰：汝曹見象乎？對曰：我曹俱見。王曰：象何類乎？

　　持足者對言：明王，象如漆筒。

　　持尾者言，如掃帚。

　　持尾末者言，如杖。

　　持腹者言：如鼓。

持脇者言，如壁。

持背者言，如高機。

持耳者言，如簸箕。

持頭者言，如魁。

持牙者言，如角。

持鼻者對言：明王，象如大索。

復於王前共訟曰：大王，象真如我言！

其實，所謂的閱讀，正是瞎子摸象，亦即是各說各話與猜測的文字遊戲。

後現代主義者李歐塔（Tean-Francoir Lyotard）拒絕人的理性的普遍性，否認客體世界的存在。因此，我們是無從言說真理的。即有真理，也是多重的，並且它既不是絕對的也不是普遍的。

當代沒有偉大的議題。

每個人都只是五分鐘的英雄。

只要我喜歡，有什麼不可以？

典範不再，價值重新建構，這是個全面遊戲化的社會。後現代哲學的作用是讓人們在遊戲中充分發揮自己創新的作用與潛力，動動腦筋，提出新見解，充實多樣性、多元性。後現代主義主張形式的開放，摒棄既定的美學常識，於是產了無數意義的可能，亦即在自反的傳統中間開拓新的生機。因此，他們反統合、反目的論與反烏托邦。它為我們揭開一線曙光，讓生命活在世紀末期的人類撤下舊有的思維和它所留下的盲點，打開天窗另覓觀察人生和宇宙的蹊徑。所謂藝術崇高性的破滅，反之，也就是生

活（如日常事物、事件）的美學化。「偉大議題」已告破滅，取而代之的是各種「語言遊戲」。

　　概言之，人們不光要生活，而且要能快樂地生活。人們能從尋常的生活中尋求創意、遊戲、美感與人性，進而實現自我的生活方式。

　　引申地說（或嫁接、播撒、增殖）：教育不是「從外面強注於兒童」與「完全放任兒童」之間的選擇而已。教師的任務是在：引起兒童個人的真實經驗。

　　寫給兒童看的書應當不是為了教訓兒童；而只是為了引起他們的注意力和好奇心。

　　羅吉斯（C.R. Rogers）認為：促進學習並不在於教學技巧、專業知識、課程計畫、視聽輔助器材、編序教學、演講或示範、豐富書籍等。雖然這些有時可作為重要的資源，但是，學習者與催化者之間的人際關係才是促進學習最重要的因素。羅吉斯認為催化者具有「真實、尊重與了解的態度時」，就能促進學習。

　　雖然典範無常，我在故我思；我思故我在。成長與價值，有賴自我建構。

　　且讓我們揚棄單一與固執，朝向開放與無執。邵雍臨終時，好友程頤請他留下勉勵後進的話，他默默無語，只把雙手攤於胸前，程氏催促，只好戲謔自己說：「我一生走的都是窄路，窄得連自己都不易立足，又怎能引導別人走什麼呢？」

　　於是乎我們似乎又見如蓮花般的童顏。

　　於是我們笑拜兒童作師尊。

　　直觀、無間、自得、盡情。

　　保持孩子氣，遠離一切煩憂。

其實，孩子氣與歲月無關，倒是一種智慧的表現。

（本文1995年10月刊登於《毛毛蟲通訊》65期版1，臺北市。）

語文與思維

　　語文是人類有別於其他生物的主要特點。

　　語文與思想或思維、思考關係密切，但兩者並非同一的東西。我們通過語文來表達思想，但思想並不等於語文本身。未學會語言的嬰兒，也可以作出一些借智活動（intelligentacts），這當中需要一些思維的過程。如果我們接受智性活動是包括思維的過程的話，許多失去語文能力的人都仍有思想的。

　　以下略述語與思維之間係。

壹、語文

　　語文，泛指語言文字；分開說時，就單說語言或文字。

　　語文是人類有別於其他生物的主要特點。

　　語文是現階段所有生物中人類所獨有的傳訊方式。我們並不否認其他生物有傳達訊息能力，我們只想強調在傳訊能力方面人類遠超過其他生物。

　　「意義」、「情緒」、「語調」、「目的」，是任何語文所都具有的四種成分（註一），不過，四者在分量上的比例各有不同而已。如一本幾何教科書是完全以「意義」為主的文字；一首抒情詩，是以「情緒」為主的文字；商家和顧客往來的信，非常注重「語調」；宣傳廣告、競選演說，則百分之百的以「目的」為主。我們分析一個人的一段語言或文字時，從這四種功用的觀點上，分別研究才能得到正確和深刻的了解。總之，語言是人類相互溝通的基本工具，而文字更是儲存人類經驗的寶庫。人類使用語文在表達及溝通上所顯現四種功能：

（一）報導（Informative）功能。

（二）表達情感、情緒（Expressive）功能。

（三）導引（Divective）功能。

（四）儀禮（Ceremovial）功能及執行（Pertomative）功
能。（詳見楊士毅《邏輯與人生－語言與邏輯》，
頁97-100）

　　另外，我們又可將語言的功能分成兩大類：認知功
能（Cognitive Function）與非認知功能（Non-Cognitive
Function）。報導功能是用語言來描述、敘述、論辯，是發揮語
言的認知功能。至於表達情感、情緒功能、導引功能及執行功
能，是用語言來指令，規範或表情、抒願，是屬於非認知功能。
因此，我們可以了解，任何語文本身及其意義的如何形成與語言
的如何使用，這三個部分都會反應「使用者」過去或現在的生活
方式或其他所隸屬的文化模式，社會體制及其所處的環境。是以
語文是一種生命，它也會成長或生老病死，但也可能是永恆的。

　　其「生」即是指使用者創造新字，新詞或新意義。「老」是
指該語文及指涉的意義被使用的時間久，已成為陳腔濫調，有逐
漸被淘汰或取代的趨向。「病」是指該語文已無法應付某個時
代，某個社會所要表達的更新、更豐富或更具有時代產生的意義
之需求。此外，也可指該語文表達有失含混籠統且歧異，使讀者
搞不清楚它究竟在表達什麼意義。「死」是指語文已不再被人們
所使用，只是成為考古學者為了了解歷史才去研究，使用它。換
言之，語文已自然被淘汰了。

　　然而，語文也有可能是永恆的，自古至今甚至未來都被使用，而且隨著時代意義日益新晰，用途也日益強化，例如種種邏輯語詞及其他科學、哲學、宗教、藝術⋯⋯等術語。一般而言，某個語言要能永恆的必要條件如下：

（一）清晰

（二）易學

（三）字形或拼音，發音具有美感，尤其是「簡單」之美感，當然高雅之美感非常重要。

（四）實際用途甚廣泛。

（五）意義豐富。（見楊士毅《語言・演繹邏輯・哲學》，頁56）

　　語文，古稱之為小學，有文字、聲韻、訓詁之分。文字學是研究文字溝造；聲韻學是研究文字聲音；訓詁學是研究文字意義。民國初年以來，又有文法學、修辭學。文法學是研究詞句結構方式；修辭學則是追求辭令之美。而西方的語言學，則包括有語音學、語法學、構詞學、語義學、語意學、語用學等。

　　語言分類的方式有很多種，但在二十世紀中最重要的分類如下：

（一）說寫語言與非說寫語言。

（二）自然語言與人工語言。

（三）中性語言與情緒語言。

（四）對象語言與後設語言。

　　而今，從符號的角度來看：在日常生活中，我們可以聽到各

種聲音，如雨打、蟬唱、犬吠、金屬的撞擊……。只要是我們所熟悉的，不必親見某物，這就是由物發出的聲音符號。

又我們可以看到各種形體：如綠葉、紅花、飛鳥、電視機……。只要是我們所熟悉的，不必手觸某物，即能認識某一種形體屬於某物，這就是由某物呈現的形體符號。

物的聲音符號或形體符號，雖不等於物的本身，卻是由物的本身發出或呈現，這種符號不是人為的符號，而是自然的符號，是屬於非語文符號（Non-Verbal Symbol）。也就是所謂的第一系統的符號。

由自然的符號，發展到人為的符號，是人類思想能力的一大進步。這人為的符號之出現，不但是創造語文的基本要素，也是創造藝術和發明科學的主要憑藉。人為的符號就是屬於第二系統的符號，主要的是語文的符號系統。第二系統的符號之創造，是以第一系統的符號為根據，所以事物的符號，先於語文的符號。而每一個國家或族群的符號，又必須適合各自語言符號的特質，因為語言符號的創造，又先於文字符號。

趙友培於《思想與語文》一書裡，曾就這兩種符號與思想等關係列表如下：

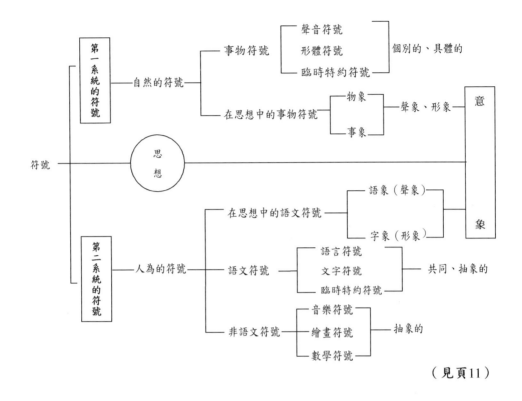

（見頁11）

趙氏認為事物、思想、語文三者相互關係，可分為四點說明：

（一）同一事物可以三種樣式來表現：

　　1. 事物的聲音或形體，投射於感官之前。

　　2. 事象和物象，活動於思想感官之內。

　　3. 通過思想把事象和物象構成意象，然後轉化為語文，呈現於感官之前。

（二）以電氣為喻：事物好比發電廠的組織和設備（如工作人員、機器、發電的水力或火力等）；思想活動好比是線路；思想內容好比是電流；語文好比是燈泡；開關好比是口和手；這一切都是為了發光，好比都是為了表達事物的意義。

（三）從事物、思想、語文各別的重點看，可以互為主體。

　　1. 以事物為主，思想憑藉事物而活動，語文代表事物為符號。

　　2. 以思想為主，一面審視事物的表裡精粗，調整事物的關係條理，重視事物的聲象和形象而構成意象，以為思想的材料；一面創造語文符號，並運用語文符號而從事思想活動。

　　3. 以語文為主，豐富複雜而又笨拙的事物，在語文的功能所及，打破了時空的限制；微妙曲折而又隱伏的思想，在語文的功能所及，予以表達而傳播；對於事物的學習，因語文而有莫大的便利；對思想的發展，因語文而有不斷地創造。

（四）若從事物到語文，或從語文到事物的過程看，思想實居於中心的地位。

　　總之，事物、思想、語文，若從生活的根源看，三者似乎是一致的。而實際上它們之間各有距離。從事物到思想，從思想到語文，每進一步就高一級；每高一級，人為的因素愈多，距離最初的事物也就愈遠了一點。然而，可確認的是生活中的事物內容，是思想內容和語文內容的共同基礎。

　　因此，我們可以說：

　　語文是事物通過思想轉化而外現的一種與人類生活最有密切關係的符號。（**以上詳見《思想與語文》，頁4-20**）

　　也可以說語文是思想的符號。

　　我們知道從具體的事物到語文形成的整個過程，通常都是抽象作用的過程，當然也是一種思維過程。

貳、思想

思想或思考、思維是什麼？人類是如何能思想或思考。

思想、思考或思維似乎是相通的用詞。

思想是較為普通的用詞，勞思光在《思想方法五講》裡的解釋是：

> 我想這樣說：「思想是建立判斷（或命題）的推理的活動。」

這應該有以下幾點解釋。

> 第一：「建立判斷」與「推理」都是知識方面的活動；因此我們這樣講「思想」，就不涉及情緒。
>
> 第二：「建立判斷」與「推理」是獲得知識的心靈活動的兩個階段。「判斷」在邏輯上即稱為「命題」；建立判斷也建立命題。推理則由某一判斷或命題的真偽推定另一命題的真偽；這在後面再加以解釋。
>
> 第三：本來獲得知識的活動，可以分三步；第一步是感覺，第二步是建立判斷或命題，第三步是推理。現在我們將「思想」與「感覺」分開；所以只講建立判斷與推理。總而言之，思想就是獲得知識的活動的一部分，它包含建立判斷與推理。（見頁4）

而一般所說的思想，則包含兩個層面的意思：一是指體系性

的思想而言，如「孔子思想」，指的就是孔子這個思想家本身所建構的對事物的看法和主張。這一層面的思想，具體化表現為某思想家的人生觀、價值觀和宇宙觀等等；思想的另一層面，是指人類的思想結構、諸如推理、想像、聯想、記憶等等意識活動。

至於思考又是什麼呢？思考又稱為思維。相對於思想而言，思考是一種過程，清楚一點說，思想著重於整體的意識活動，而思考就是思想具體進程。狹義的思考或思維是指運用語言概念所進行的抽象推理運演過程；廣義的思考或思維是指對「問題情境」做出解決辦法所經歷的符號運演過程。

思維為一種心理現象，也是一種反映；思維是心理這種能動反映的高級形式。具體說來，思維是人腦對客觀事物的一種概括的、間接的反映，是客觀事物的本質和規律的反映，換句話說，它是人腦對客觀事物的本質和事物內在的規律性關係的概括與間接的反映。

思維是在人的實際活動中，在感性認識，特別是在表象的基礎上，借助於語文為工具，以知識經驗為中介而實現的。從這裡，我們不難看出思維與實踐活動、表象、語言這三者的關係。實踐活動是思維的基礎；表象是對客觀世界的直接感知過渡到抽象思維的一個中間環節，語文是思維活動的工具。

思維活動是一種極為複雜的心理現象，為了適應實踐活動的目的的不同需要，思維活動具有多樣性，它不會也不可能只有某一種刻板的固定的格式。因此，對思維的分類也不可能有一個統一的模式。（註二）

依適應人類實踐活動目的性的不同需要，可形成三種思維活動類型：上升性思維、求解性思維、決策性思維或決斷性思維。

　　依思維的智力品質分類，可以粗略地分為再現性思維和創造性思維。

　　依思維的意識性來說，有的心理學家將思維分為我向思維和現實性思維。

　　依思考方式，有垂直思考法與水平思考法。

　　另有依人類思維發展與抽象程度來劃分，將思維分成直觀行動思維、具體形象思維和抽象邏輯思維。（註三）

　　綜觀人類的思維發展中，從古代到現代，從東方到西方，我們確實可以看到，它在不同的時代具有非常不同的內容和非常不同的形式。現代思維方式，不管有多少類型和多大區別，它們卻都從歷史上的各種思維演化而來，有其發生和發展的歷史過程。

　　思維的類型根據其抽象程度來劃分的，就思維的起源來說，不管是種系發生還是個體發生，思維的發生發展都要經歷直觀動作思維→具體形象思維→抽象邏輯思維三個階段。抽象邏輯思維的發展，又有不同的水平與層次。人類的這種高水平的思維，到了原始社會末期的能人或晚期智人階段，才剛剛發始萌芽，以下試說明思維發展的三個階段：

　　一、直觀行動思維（始於約五百萬年～三百萬年到約五十萬年前早期猿人〈能人〉階段）：是指直接與物質活動相聯繫的思維。亦即是以自身的感覺器官的直接感知去認識世界。這種思維，是思維結構的最初形式基本特點是直觀性很強，概括性極低。也就是說，這種思維主要是協調感知和動作，在直接接觸外界事物時產生直觀行動的初步概括，感知和動作中斷，思維也就中止。總之，直觀行動思維離不開具體事物和具體行動。

　　二、具體形象思維（始於大約五十萬年前的晚前猿人〈直立

人〉階段，形成於一、二十萬年前的早期智人〈古人〉階段）：
是以具體表象為材料（成分）的思維，它是一般的形象思維的初
級形態。

不論是種系思維的發展，還是個體思維的發展，都要經歷具
體形象思維的階段。這時候在主體身上雖然也保持著思維與實際
動作的連繫，但這種連繫並不像以前那樣密切，那樣直接了。個
體思維發展到這個階段，兒童可以脫離面前的直接刺激物和動
作，藉助於表象進行思考。

具體形象思維是抽象邏輯思維的直接基礎，通過表象概括，
發揮言語的作用，逐漸發展為抽象邏輯思維。具體形象思維也是
一般的形象思維或言語形象思維的基礎，通過抽象邏輯成分的滲
透和個體言語的發展，形象思維本身也在發展著，並產生著新的
質。所以，形象思維又叫形象邏輯思維。

這種形象思維有什麼樣的特性呢？它以表象或形象為思維的
重要材料，藉助於鮮明、生動的語言作為物質外殼，在認識中帶
有強烈的情緒色彩，它是文藝創作中不可缺少的一種特殊的思維
活動。

形象思維具備思維各種特點。它主要心理成分有聯想、表
象、想像和情感。

三、抽象邏輯思維（始於約十萬年前後的晚期智人〈新人〉
階段，形成於一萬年左右的新人〈現代人〉階段）：在實踐活動
和感性經驗的基礎上，以抽象概念為形式的思維就是抽象邏輯思
維。

抽象邏輯思維是一切正常人的思維，是人類思維的核心形

態。

　　抽象邏輯思維儘管依靠實際動作和表象，但它主要是以概念，判斷和推理的形式表現出來的。而概念是思想的基本單位，也是思考活動的主要媒介。人類必須透過概念之間的推演去聯想，去進行思考活動；而我們思考時，又必須透過某種語文進行。於此，可見出語文與概念，就如同一事物的兩面：概念是一種載附著意思的單位，在我們心靈內部轉動；而語文則為概念的外在化、客觀化，把我們心中的意思變成可表達的符號。

　　人的抽象邏輯思考是由概念組合而成，是以有稱之為概念思考，而語文又正是這些意念的記號或符號，藉著語文，人類便可互通概念或思想。由此可見，思想、概念和語文三者之間，便出現了一種互相交織的關係。

　　我們認為，就思維的起源來說，不管是種系發展或是個體發展，思維的發生和發展都要經歷直觀行動思維→具體形象思維→抽象邏輯思維這樣三個階段，並在兒童青少年的發展中，表現出一定的年齡特徵。但是，由於思維活動的複雜性，這三種思維之間又能互相滲透。對思維成熟如成人來說，每一種思維都可以高度發展。從這意義上說，這三種思維是平等的，不能說有好有壞。這種思維起源的發展，實際與皮亞傑的認知發展四個階段是不謀而合的。

　　又俞建章、葉舒憲於《符號：語言與藝術》一書裡，則特別著重神話思維。他們認為神話思維就是人類在史前的神話時代的主要思維形態，神話思維的特殊性首先在於，它解決問題的方式同推理思維相比是原始的、象徵性的。其次它的獨特性還在於思維所憑藉的符號載體形式，它既有別於概念性的推理思維，又不

同於象徵思維發展的早期形態——以身體動作為符號媒介的行動思維和以繪畫表象為符號媒介的表象思維，而恰恰處在一種中間的過渡狀態。該書曾有圖示神話思維在整個思維發生史中的獨特地位，試轉錄如下：

	人類思維			
思維特徵	象徵思維（原始思維）			理論思維
	動作思維	表象思維	神話思維	
符號形惑	主體動作	心理表象	語言表象	語詞概念
	前語言		語言	

（見頁130）

　　申言之，抽象思維是一切正常人的思維，是人類思維的核心形態。就形式而言，就是形式邏輯思維、科學思維。也就是所謂的理性思考。雖然理性思考在追尋真理的過程中極其重要，但並非什麼問題都可以用理性思維來解決。

參、小結

　　人類的文化、社會行為，以及思想，全部需要語文，學者曾經一度將語文與思維等量齊觀，認為語文即是思想。然而，今日的學者多半採取比較溫和的立場，認為人類認知受語文影響，但並非由語文所形成，語文只不過是使人類有別於其他動物的特有

行為之一而已。概言之，語文是思想的工具。內在的語文是思想的工具，而外在（即在人際交往時運用）的說話則是意見溝通的工具。語文這兩種使用方式都能影響認知行為。因此，人類傳達信息能力的好壞主要取決於語文與思考兩方面。

　　現代思維方法學所包括的項目，主要為語理分析、邏輯方法、科學方法和謬誤剖析。語理分析的功能在釐清問題的意思；邏輯方法的功能在於提出檢查推論是否正確的法則；科學方法乃是提供一套藉以獲得經驗世界知識的程序；而謬誤批判是以上三項的實際應用和引申，其作用在於將通常碰到的錯誤思考方式加以歸類，俾使遇到時容易指認出來。在這四項中，「語理分析」是最基本，因為它的運用能使我們弄清楚所思考的問題究竟問些什麼？如果討論時連問題也問不清楚，則討論根本無法進行。「謬誤批判」則是最實用的，使我們在討論、思考時能針對問題。謬誤是指邏輯思考的謬誤而言。

　　所謂邏輯謬誤，是指由前提推論至結論，缺乏必然性的因果關聯或不夠扣緊。然而由於心理上的錯誤聯想、盲目的情緒作祟、一廂情願的希望與信念、理性的限制，及語言表達上的不清楚，往往使人感覺「似乎」某些前提結論間具有必然關聯或合邏輯的論證之假相，而實踐上卻是缺少必然性的關聯，是不合邏輯的論證。

　　謬誤可分成形式謬誤與非形式謬誤。形式謬誤是指邏輯必然性的謬誤，習慣上形式邏輯主要是指演繹邏輯，因為演繹邏輯具有必然性。非形式謬誤可分成語意不清的謬誤及實質的謬誤，試列表如下：

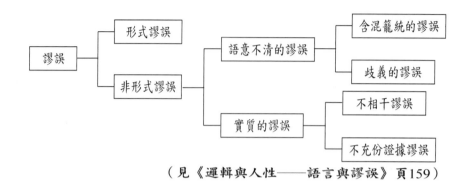

（見《邏輯與人性——語言與謬誤》頁159）

其間「語意不清的謬誤」，即屬語理分析的重點，亦即所謂的「語言的陷阱」（註4）。「語言的陷阱」是指語辭，或某些使用語辭的方式，特別容易誤導、混淆或妨害思想之正確運作的。我們將這類語辭或使用語辭的方式稱為「語言的陷阱」。李天命於《語理分析的思考方法》一書裡，認為最常見的「語言的陷阱」有：闕義、歧義、含混、著色、實化、癖義等。（註五）

為了防止思想的糾纏、謬誤，為了使思考清晰、精密，我們必須對語言的陷阱有起碼的認識。因此，楊士毅於《邏輯與人生》一書裡，認為：

> 培養獨立思考能力的第一招即是分清中性語言與情緒語言。……其次，以中性語言表達的思想我們稱之為「無顏色思想」，以價值情緒語言表達思想我們稱之為「有顏色的思想」。（頁102-103）

當然，認識語言的陷阱，釐清有關的用詞或概念，使我們的思想清晰。然而，就語文而言，清晰是否必然或必須，弔詭的是：

　　無論清晰與不清晰，似乎都可能是無話可說的人的最終避難所。

　　總之，思維與語文是兩種概念，是有區別的。但是思維和語文又是一個密切相關的統一體，其理由是：

　　首先，語文和思維一樣，皆是社會的產物。

　　其次，不管是種系心理發展，還是個體心理發展，語文一開始就是以思維的物質外殼出現的。語文有起概括與調節之作用。語文的這個概括功能，就成為思維的工具的支柱。

　　再次，對於一個人來說，隨著語文的逐步掌握和言語的不斷發展，推動著他的思維內容日益豐富，調節著他的思維活動逐步完善，促使著他的思維能力不斷提高。（註六）

附註：

註一：詳見徐道鄰《語意學概要》第十五章〈吳洛波論語言的四種功用〉，頁133-140。

註二：有關思維的分類，請詳見朱智賢、林崇德《思維發展心理學》第一章第三節〈思維的分類〉，頁20-29。

註三：有關依人類思維發展與抽象程度的劃分法，並見《思維發生學》第三章〈原始人類思維發展的三個基本階段〉，頁94-139。

註四：有關語言的陷阱或語意不清的謬誤，除參見《邏輯與人生─語言與謬誤》外，並見：

　　　李天命《語理分析的思考方法》第二篇〈語立的陷阱〉，頁37-72。

　　　李天命《李天命的思考藝術》中，〈思考與心魔〉，頁100-140。
　　　陶國璋《開發精確的思考》第二章6、7、8、9等節，62-74頁。

註五：詳見《語理分析的思考方法》，頁37-72。

註六：詳見朱智賢、林崇德《思維發展心理學》第八章第一節〈語言與思維〉，頁342-345。

參考書目

1. 《水平思考法》愛德華・波諾著　謝君白譯　桂冠圖書公司　1983.3

2. 《生活語言學》鹿宏勛、周明資著　華欣文化事業中心　1983.5

3. 《如何想得清楚和正確》拉比著　王曼君譯　水平出版公司　1976.11

4. 《李天命的思考藝術──思維方法與獨立思考》戒子由、梁沛霖合編　允晨文化公司　1992.10

5. 《思想方法五講》勞思光著　友聯出版社

6. 《思考的奧秘──心智的歷程（I）》愛德華・波諾著　唐潔之譯　桂冠圖書公司　1983.3

7. 《思考探奇──心智的歷程（II）》愛德華・波諾著　唐潔之譯　桂冠圖書公司　1983.3

8. 《思考與語文》趙友培著　中國語文月刊社　1985.9

9. 《思維發展心理學》朱智賢、林崇德著　北京師範大學出版社　1986.6

10. 《思考的盲點》陶國璋著　書林出版公司　1994.10

11. 《思考與理性思考》葉保強、余錦波著　臺灣商務印書館　1994.10

12. 《思維發生學──從動物思維到人的思維》張浩著　中國社會科學出版社　1994.3

13. 《科學思維的推理藝術》李靜、宋立軍、張大松合譯　淑馨出

版社1994.12

14.《符號：語言與藝術》俞建章、葉舒憲著　久大文化公司　1990.5

15.《開發精確的思考》陶國璋著　書林出版公司　1993.10

16.《語言與人生》早川著　柳之元譯　文史哲出版社　1989.10再版

17.《語言學概論》謝國平著　三民書局　1985.7

18.《語言‧演繹邏輯‧哲學──兼論在宗教與社會的應用》楊士毅著　書林出版公司　1991.3

19.《實用主義和語用論》高宣揚著　遠流出版公司　1994.10

20.《邏輯思考》劉福增著　獅谷出版公司　1984.1

21.《邏輯與人生──語言與謬誤》楊士毅著　書林出版公司　1987.4

22.《邏輯‧民主‧科學》楊士毅著　書林出版公司　1991.10

23.《邏輯與歷史──現代科學方法論的蟺變》張巨青、吳寅華著　淑馨出版社　1994.9

（本文1997年10月刊登於《國教之聲》第三十一卷第一期，頁2～11，臺東市。）

敘述、敘事與故事

壹、前言

　　敘述、敘事與故事等三個用詞，可說是日常生活語言。就語源而言，其個別單字的意義如下：

　　敘，甲骨文𢓵（《甲骨文字集釋》，頁1079），金文無敘字。《說文解字》三篇下：

> 𢓵次弟也，从攴余聲。（見1980年3月漢京四部善本新刊斷句套印本，頁127。）

　　段注：

> 咎繇謨曰：天敘有典。釋詁曰：舒業順敘緒也，古或假序為之。（同上）

　　述，甲骨文無述字，金文述，與篆文述略同。《說文解字》二篇下：

> 𧗠循也，从辵术聲。（同上，頁71）

　　段注：

> 述、循疊韻，述或假借術為之，如詩報我不述，本作術是也。古文多假借遹為之，如書祗遹乃文，考詩遹駿有聲，

遹追來孝。釋言毛傳皆曰：遹、述也是也。孫炎曰：遹古
述字，蓋古文多以遹為述，故孫云爾。謂今人用述，古人
用遹也，凡言古今字者視此。（同上）

故，甲骨文無故字，金文故與小篆故略同。《說文解字》三
篇下：

故使為之也，从攴古聲。（同上，頁124）

段注：

今俗云：原故是也，凡為之必有使之者；使之而為之則成
故事矣。引申之為故舊，故曰古故也。墨子經上曰：故所
得而後成也，許本之。（同上）

事，甲骨文事，有作𢔗（詳見李孝定編述《甲骨文字集
釋》，頁971），其上作丫，依金文事字（𩁹、𩁹）（毛公鼎）
解之，有旂省（省向右之遊）之意。餘與金文事略同。金文事；
上為旂，中為簡冊，下為手。《說文解字》三篇下：

𠭆職也，从史之省聲。𠭆古文事。（同上，頁117～
118）

段注：

疊韻。職記微也。古假借為士字。鄭風曰：子不我思，豈
無他事。毛曰：事，士也。今本依傳改經，又依經改傳，
而此傳不可通矣。（同上）

以上各單字組合成敘述、敘事與故事等詞後，非但不只是日
常生活用語，甚且成為學術性的專門術語。是以其定義或界說似
乎是有所困難，因此，本文擬從文體、表達方式與敘事理論等觀
點說明其間之異同與關聯。

貳、文體

文體亦稱文章體裁、文類、文章類型等。通稱文體或文類。
所謂文體即指文章的體裁（或樣式、體製）。體裁是指內容與形
式的關聯。文章作品的形式恰當的表現了內容，就像剪裁縫製一
件合身的衣服把身材表現出來。依「體」而「裁」，「裁」中合
體。對文章類型的重視，可說是中國傳統文學觀的特色之一。申
言之，文體是文章構成的一種規格和模式，它反映了文章從內容
到形式的整體特點，屬於文章的形式範疇。文體的構成包含文章
的表現手法、內容、結構、語言、形態，以及時代、民族、階
級、風格、場合等因素。文體的特點及其劃分，是文體構成諸因
素在不同程度上的變異而造成的。以下試述從古、今角度略述文
體。

一、文體傳統

中國自古很重視文章的體裁和樣式，具有悠久的文體學歷史傳統，其文體種類繁多，淵源流長，蔚為奇觀。

張戒《歲寒堂詩話》卷上：

> 論詩文當以文體為先，警策為後。（見木鐸版丁福保輯
> 《歷代詩話續編》上冊，頁459。）

嚴羽《滄浪詩話》〈詩辯〉有云：

> 詩之法有五：曰體製、曰格力、曰氣象、曰興趣、曰音
> 節。（見藝文版何文煥訂《歷代詩話》，頁443）

又《滄浪詩話》附〈答吳景仙書〉云：

> 作詩正須辨盡諸家體製，然後不為旁門所惑，今人作詩差
> 入門戶者，正以體製莫辨也。（同上，頁458）

吳納《文章辨體序說》〈諸儒總論作文法〉有云：

> 文章以體製為先，精工次之。失其體製，雖浮切響，抽黃
> 對白，極其精工，不可謂之文矣。（倪正父）（見1978年
> 12月，長安版，頁14）

方苞〈答喬以夫書〉云：

> 蓋諸體之文，各有義法。（見臺灣商務影印四部叢刊《方望溪先生集》卷六，頁76）

總之，歷代文論家皆很重視文體。這種文體論的出現，乃緣於從作品方面，看到由於內容和作用之不同而產生，有關文體之論，首見於曹丕的〈典論論文〉：

> 夫文本同而末異。蓋奏議宜雅，書論宜理，銘誄尚實，詩賦欲麗。此四科不同，故能之者偏也。惟通才能備其體。（據正中版許文雨編《文論講疏》，頁21引。）

曹氏把文章分為四科八類，並提出了「本同而末異」的觀點，對文體的分類有了明確的認識，對後世文章的分類有很強的指導性。如果我們往上溯源，則可見於《尚書》。《尚書》〈畢命〉云：

> 政尚有恆，辭尚體要。（見藝文十三經注疏本冊一《尚書》，頁291。）

孔安國的注釋是：

> 政以仁義為常，辭以理實為要，故貴尚之，若異於先王君子所不好。（同上）

　　所謂「辭以理實為要」，便是論體製的遠祖。而後，有關文體討論的書，晉朝摯虞有《文章流別論》，原書早已散佚，現僅存十餘則輯本，從現存十餘則的內容來判斷，這是一部專論文體的著作。它概括前人研究文體的成果而又有所發揮，把文章體裁區分得更為細緻，並對各體文章的性質和源流，作了探討。流傳於今的梁朝任昉《文章緣起》、劉勰《文心雕龍》這兩本書對於各種文體的辨別，說得很精細。尤其是《文心雕龍》對文章體裁作了全面的探討，劉氏用二十篇文字對文體作具體的論述，把文體分為文和筆兩大類。文是指有韻文，有：詩、樂府、賦、頌、贊、祝、盟、銘、箴、誄、碑、哀、吊、雜文、諧、隱等十六體；筆是指無韻文，有：史傳、諸子、論、說、策、檄、移、封禪、章、表、奏、啟、議、對、書、記等十七體，合計為三十三種文體。劉氏對文體作了「釋名以章義」、「原始以表末」、「造文以定篇」、「敷理以舉統」的解釋與說明。即解釋各種文體的定義，說明各種文體的區別和相互關係；說明文體產生、形成和流變；說明各種文體的特點和要求。

　　除外，有宋時王應麟《辭學指南》，明時吳訥《文章辨體序說》、徐師曾《文體明辨序說》。吳訥、徐師曾兩人的著作是繼《文心雕龍》之後，文體論的集大成之作。其中所論文學體類，多於文心。吳氏文章辨體有五十九類，徐氏文體明辨有一百二十七類。兩書一方分體選文；一方即依體序說，選錄者多為習見的文章。

　　至於就文章體製而編集成書，則首推梁朝蕭統的《文選》，《文選》選錄自先秦到南朝梁以前七、八百年間一百三十多個知名作者和少數佚名作者的詩文作品，共七百餘篇，編為三十卷，

分作三十七類，今本《文選》為六十卷，是唐代李善為之作注時
析成的。《文選》雖是一部詩文總集，但對後世的文體論，特別
是文體分類學，有著很大的影響，其文體分類計有：賦、詩、
騷、七、詔、冊、令、教、策、表、上書、啟、彈事、牋、奏
記、書、檄、對問、設論、辭、序、頌、贊、符命、史論、史述
贊、論、連珠、箴、銘、誄、哀、碑文、墓誌、行狀、弔文、祭
文等三十七體。這樣的分類，是通過眾多文章的排比分析而區別
出來的。《文選》在李善注後，又有呂延濟、劉良、張銑、呂
向、李周翰五人為之合注，稱為「五臣注」，合李善注稱之為
「六臣注」。

　　而後繼踵《文選》就文章體製而編集成書者，有唐朝姚鉉的
《唐文粹》，宋朝呂祖謙的《宋文鑑》、曾鞏的《元豐類稿》，
元朝蘇天爵的《元文類》，明朝程敏政的《明文衡》、吳訥的
《文章辨體》、徐師曾的《文體明辨》，清朝姚鼐的《古文辭類
纂》、曾國藩的《經史百家雜鈔》。其中姚鼐《古文辭類纂》，
選錄戰國至清代古文辭賦，共九百多篇，依文體分為論辨、序
跋、奏議、書說、贈予、詔令、傳狀、碑誌、雜記、箴銘、頌
贊、辭賦、哀祭等十三類，書首有序目，略述了各類文體的特點
及其義例。一般說來，其間分類大抵相差不多，可說皆承襲前人
的方法，也就是依文章的形式和用途加以區分。

　　綜觀中國傳統文體的編選，可說始於梁朝，盛於宋、明，而
論定於清代。亦即是以梁朝蕭統《文選》為法則，而以吳訥《文
章辨體》、徐師曾《文體明辨》為完備，又以姚鼐《古文辭類
纂》、曾國藩《經史百家雜鈔》為正宗。又中國文體分類之法，
也隨時代的風氣而改變。在駢文流行的時期，以劉勰的文體分類

學達到了高峰；在古文流行的時代，則姚鼐的《古文辭類纂》又創造了另一個高峰。此後，曾國藩、吳曾祺、張相等人繼之，儘管有些補充，但都不越姚氏的範圍。其間欲求有創見者，自當以元真德秀《文章正宗》為主。但傳統文體分類仍以姚鼐《古文辭類纂》、曾國藩《經史百家雜鈔》為正宗。而民國以來，蔣伯潛《體裁與風格》、薛鳳昌《文體論》等書，尚有文體傳統。薛氏將文體分為：論辨、序跋、奏議、書牘、贈序、詔令、傳狀、碑誌、雜記、箴銘、頌贊、辭賦、哀祭、典志、敘記等十五體。

在傳統文體論述中，除前述所及者外，欲求有創見者，自當以六朝真德秀《文章正宗》為主。《文章正宗》有正、續集各二十卷。正集選《左傳》、《國語》至晚唐的作品；續集選北宋這一階段的文章。真氏在編選《文章正宗》，有意識地貫徹道學家的文論主張，與《文選》相對立，並企圖取而代之。並將文章分為辭命、議論、敘事、詩賦四大類，頗富創見。試引錄〈文章正宗綱目〉如下：

> 正宗云者，以後世文辭之多變，欲學者識其源流之正也。自昔集錄文章者眾矣，若杜預、摯虞諸家，往往堙沒弗傳。今行於世者，惟梁昭明《文選》、姚鉉《文粹》而已。繇今視之，二書所錄，果皆得源流之正乎？夫士之於學，所以窮理而致用也。文雖學之一事，要亦不外乎此。故今所輯，以明義理切世用為主。其體本乎古，其指近乎經者，然後取焉，否則辭雖工亦不錄。其目凡四：曰辭命、曰議論、曰敘事、曰詩賦，今凡二十餘卷云。紹定執除之歲正月甲申，學易齋書。

敘事

按敘事起於古史官，其體有二：有紀一代之始終者，書之
堯典與春秋之經是也，後世本紀似之；有紀一事之始終
者，禹貢武成金縢顧命是也，後世志記之屬似之；又有紀
一人之始終者，則先秦蓋未之有，而肪於漢司馬氏，後之
碑誌事狀之屬似之。今於書之諸篇與史之紀傳皆不復錄，
獨取左氏史漢敘事之尤可喜者，與後世記序傳誌之典則簡
嚴者，以為作文之式，若夫有志於史筆者，自當深求春秋
大義而參之以遷固諸書，非此所能該也。（見臺灣商務印
書館影印文淵閣四庫全書總冊數第一三五五，頁5～7。）

二、新時代的文體分類

中國文章體裁豐富多樣，文體分類亦繁多，而其失則在於缺
乏一定的科學性，亦即是無嚴謹的分類原則。

新時代的文體分類，是緣於新文學語體文興起之後，主要是
受西方文學思潮的影響。目前文體分類的基本方法主要有四種：
功能性分類、形態性分類、題材性分類和功用性分類。前二者屬
於形式範疇，後二者屬於內容範疇。

在新時代的文體分類中，第一次分類可以依用途來分：一類
是作為文藝欣賞用的文藝文體；一類是作為工作與生活中實用的
實用文體。亦即是所謂的文學性與非文學性。然後在第二次分類
中，根據文章的內容、體制和語言的運用等特點，把文藝文體
（或稱文學作品）分為幾個基本類型，並且在每一類中找出若干
共同的素質、特徵、原則，成為該文類的充分條件。於是而有：

詩歌、散文、小說、戲劇等文學的四大基本類型。至於，不是文學作品之外的，皆屬實用文類。但亦有人從廣義的書寫文字觀點，將文章分為：記敘類、議論類、說明類、抒情類、描寫類、應用類等。或簡化為：記敘類（含抒情、描寫）、說理類（含議論、說明）、應用類。理論上，各種文類之間，原應涇渭分明，毫無夾纏，但書寫文字的演變，往往有類別所不能限制的，因此到了後代，甲文類與乙文類之間的關係便漸漸不甚分明，尤其在二十世紀以來出現的許多書寫作品，更多難辨雌雄者，如短篇小說與散文之分，散文與詩歌之別，都不免引起困惑。

　　以下僅就與本文有關的文章或散文，試論其分類。

　　散文，傳統文學中稱之為古文，過去所謂的散文，即是指和駢文對稱的文章，又是指和韻文對稱的文章。沒有固定的格律，參差相雜的語言型態，不能算是某種特定的文章或文學體製。廣義的散文，是指書寫的文章而言，而狹義的散文，則是指詩歌、小說、戲劇以外的文學類型。狹義文學性散文一詞，來自英文的prose，英文的prose源自拉丁文的prosa（筆直的、簡明的）詩是有力的訴諸情緒或感性，而散文則有簡明、知性的內容。

　　散文，既沿用舊的文體名稱，當然也受著這個名詞傳統涵義的影響。所以從歷史性的涵義上說，現代所謂「散文」應該是指無韻而句式不齊的文章。一般說來，現代的中國人，大體接受文學類型分為詩歌、散文、戲劇、小說四大文類的觀念，而新文學運動的成功，語體文的寫作，也大勢所趨，成為現代文學的特色。所以現代散文所謂的現代，已不只是界定寫作的時間，並且也限定了語言型態；而所謂散文，語言型態只是基礎條件，文學特性才是界定範圍的重要條件。

　　有關文章的分類，是就寫作與教學的觀點而言，似乎不以文學分類為主。一般通稱文章寫作或作文教寫，其分類大皆以功能性分類為主。就中小學作文教學而言，有梁啟超的《作文教學法》（臺灣中華書局），梁氏於書中把文章大別為三種：一記載之文，二論辯之文，三情感之文。

　　陳望道編著《作文法講義》（1922年），書中將文章分成記載文、記敘文、解釋文、論辯文、誘導文等五種。又夏丏尊、劉薰宇合著的《文章作法》（1926年，開明書店），則將文章分為記事文、敘事文、說明文、議論文和小品文等五種。新文豐出版公司影印胡懷琛等編著的《文章作法全集》，則分抒情文、說明文、記敘文、論辯文、公文等五種。而民國64年8月教育部公佈的《國民小學課程標準》，則將散文文體分為普通文、實用文兩大類，而普通文又分記敘、說明、議論三種（見正中版，頁89～90）。並於附註裡說明：「抒情文包括在記敘、詩歌、劇本等文體之內，不另列出。」（同上，頁90）而82年9月教育部修正發佈《國民小學課程標準》則僅易「普通文」為「散文」。其間，雖仍有各種不同的分類方式，但皆大同小異。一般說來，常見的文章或作文寫作用書，其分類要皆不離論說文、記敘文、抒情文、應用文等四種，或記敘文、論說文、應用文等三類。其間的共識是：記敘文可分記事文和敘事文，其內容複雜，但分析起來，不外是寫景的、抒情的、記事的與描寫人物的。總之，就文學類型而言，在形式上，散文是詩歌、小說、戲劇之外的一種獨立的文體，依其內容，大抵可以分為下面的幾種：

1. **遊記**：記敘旅行遊覽的經過，如一路的山川景色。

2. **傳記**：記敘某人的生平事蹟、行狀，以及私人之間的過從友誼。如果記述某一夥人的，則稱為列傳。

3. **隨筆**：雜記見聞的一種筆記體文學。

4. **雜感**：雜記時事感想，亦稱雜文。

5. **評論**：對人、事提出自己的看法或主張，如書評。

6. **漫談**：對某一事物，作者就自己所知，拉雜談論。

7. **速寫**：記述眼前人事景物，如繪畫的速寫，多屬片段。

8. **日記**：私人日常生活的記錄，但如記述生動、情感真摯，亦可欣賞。

9. **書信**：亦為私人之間互通音訊的文字，情真語摯者，亦可供人欣賞。

又就文學性觀點言，現代散文（或稱文學性散文）的分類，雖仍有各種不同的分類標準。但一般籠統的概念是以文章表達功能的特點分：抒情、寫景、敘事和說理等四類。雖不能使人完全滿意，卻是最常見的共識。以下試作定性分析：

1. **抒情要真**：抒情文所表現、所描寫的情，不可超出倫理的規範和標準，總之，溫柔敦厚，一切都從誠出發。誠，就是真。

2. **寫景要美**：寫景與抒情有密切的關係。其實，描寫風景只不過是一種手段，借風景來抒發思想和情感，才是真的。而美的欣賞和創造，基本的原動力，還是一片與人為善的愛心。

3. **敘事要明**：敘事的目的，就是對於某一件事，前因後果

對讀者說個明白。

4. **說理要透**：說理，說的是公理和真理。公理和真理，是
公眾都能認可同理的理；於是，只有客觀公
正，才能夠使人信服。所謂透，就是透徹。
要求透徹，必須層次分明。像一團亂線，我
們一定要清理出一個頭緒，才能夠有順序，
而理得直。

其實，散文是一種最自由而靈便的文體，一般人因為它的體
制短小，又叫它「小品文」。在內容上，國家大事、里巷瑣聞，
都可抒寫；在章法上，抒情說理、寫景敘事，都可以運用，所以
要想嚴格分類是很困難的。

三、小結

綜觀以上所述，可知傳統文體和現代文類之分類原則與用詞
方面，其相異性頗多。而本文則以現代文體分類為依歸。但在現
代文體分類的演進過程中，仍有許多混淆與籠統之處。

以早期現代文體論觀點而言，敘述、敘事似乎皆屬文體基本
類別之一。就新文學以來的文體用詞而言，類似的文體術語有：
記敘文、記載文、紀敘文、敘事文、記事文、史乘文、敘述文等
（註一）。目前通行的用詞有：記敘文、敘事文、記事文。其餘用
詞已逐漸被淘汰，這是文體觀演進的結果。也因此記敘文得以正
名，而敘事文亦逐漸受重視，以下試引用三段話以作為記敘文、
敘事文的界定：

金振邦編著《文章體裁辭典》云：

記敘文：記人敘事的文章。文體基本類別之一。亦稱「敘記文」、「紀敘文」。它以記敘為主，通過真實地記人、敘事、寫景、狀物，來反映社會生活、表現作者的思想感情，主要訴諸於讀者的情感。一般具有時間、地點、人物、事件、原因、結果六要素。包括歷史上的記史、山水人物記、筆記文，以及日記、年表、世譜等；現代的消息、通訊、報告文學、特寫、速寫、游記、參觀記、回憶錄、傳記、四史、年譜、大事記等。廣義的記敘文還包括敘事詩、虛構的小說等文學作品。（1986年6月東北師範大學出版社，頁11）

又劉世劍、金振邦主編《作文法大辭典）云：

記敘文：記人敘事的文章。文體基本類別之一。也稱「紀敘文」、「記載文」、「敘記文」、「記事文」、「敘事文」。它以記敘為主，通過真實地記人、敘事、寫景、狀物，來反映社會生活，表現作者的思想感情。關於記敘文的概念，歷來不十分統一，其關鍵在於對「記」與「敘」的對象的不同理解上。一般認為記載文、記事文以記述靜態事物為主，而紀敘文、敘事文則以記敘動態事物為主。陳望道《作文法講義》中認為：
「記載文，這是一種記載一切存在空間的景象情狀的文章。」
「紀敘文，這是一種紀敘一切經歷時間、事物變化經歷的

文章。」「記載文以記載人物的形狀、性質為旨趣，紀敘文卻以紀敘人物與物體的動作變化，即事端，為旨趣。記載文的目的，在乎描摹空間的存在的模樣；紀敘文的目的，卻在傳述時間的變化的歷程。」夏丏尊、劉薰宇《文章作法》中認為：「記述人和物的動作、變化、或事實的推移的現象的文字，稱為敘事文。」

「敘事文原和記事文一樣，同是記述事物的狀態、性質、效用為主；而敘事文以記述事物的動作、變化為主。所以記事文是靜的、空間的；敘事文是動的、時間的。」目前的記敘文概念的涵蓋是比較寬泛的。它既包括記人敘事的「動態」內容，又包括寫景狀物等「靜態」事物的記述。記敘文一般具有時間、地點、人物、事件、原因、結果六要素。包括歷史上的記史、山水人物記、筆記文、以及日記、年表、世譜等；也包括現代的消息、通訊、報告文學、特寫、速寫、游記、參觀記、回憶錄、傳記、四史、年譜、大事記等。廣義的記敘文還包括敘事詩、虛構的小說等文學作品。（見1992年12月吉林人民出版社《作文法大辭典》，頁913。）

　　從這兩段引文的定義來看，記敘文是寫人、敘事、寫景、狀物的文章的通稱，亦有稱它是記事文與敘事文的合稱。可以涵蓋寫景、敘事、說理、抒情、刻鏤人物等幾項；而其表現的內容，通常又可分為記事、記物、記人、記遊等幾類。若就廣義的記敘類文體，其範圍可說無所不包。《作文法大辭典》一書裡，所收錄的記敘類文體，除「記敘文」外，另有消息、動態消息……等

等有五十頁篇幅之多。（詳見頁913～963）

又季薇於〈散文的形式與結構〉一文裡云：

敘事要明：物理、事理、生理，和心理，有著微妙複雜的
關係。把彼此關係探求清楚之後，才能夠瞭解萬事萬物錯
綜複雜的原理。任何事件的發生，都有遠因和近因。研析
任何事象和事理，總要看清來龍去脈，抓住要點和要領。
有人認為，一般散文作品，多取材於身邊瑣事，婆婆媽媽
的，沒有大眼光、沒有大氣派；這種說法，不能說沒有理
由，但理由並不充實，也不夠正確。
身邊瑣事是值得寫的，問題在怎麼寫法。
宇宙、人生，是一大學問。任何大學問，都是由許多瑣瑣
碎碎的細節構成。有人開玩笑說：「所謂專家，不過是對
某些小事知道得比別人多的人。」可見得，小事情不可因
為它小，就小看了它。
譬如吃飯穿衣，我們每天都如此。看起來也許真的稀鬆平
常；吃飯穿衣誰不會？也值得大驚小怪嗎？可是，仔細想
一想，實在不是小事。民生問題，豈能說是小事？
研析事理，一定要有豐富的知識來做本錢、作工具。
什麼是知識？這是大家都懂的，似乎不必再多作解釋。
可是，知識和常識，往往混淆不清，而中間有著相當差
別。
普通的常識，人人都知道。譬如說：肚子餓了，要吃飯；
嘴巴渴了，要喝水；身體冷了，要穿衣……。這些誰不

懂？這是常識。然而吃飯、喝水、穿衣，都有著大學問：
要吃些什麼食物、喝些什麼飲料、穿些什麼衣服；怎樣
吃、怎樣喝、怎樣穿，才對身體有好處？營養學、食物化
學、紡織學便是知識，而且是專門的學問。於是，大專院
校要設學系開學分。

知識不斷地在進步在增加，我們不可能樣樣都精通。對於
某些事物不懂，並不可恥，因為不必人人都做專家。但
是，某些最起碼的常識卻不可不具備。

由於科學不斷地發展，其他各方面，也必然跟著進步。記
得從前讀化學的時候，「原子週期表」上所列的元素，只
有七十四種；現在，不包括同位元素，已經發現了一百零
五種。相信以後還會有更多的發現。這樣說來，如果我們
對身邊看得到摸得到的東西，都不求個了然，那還談什麼
高深的學問，和人生哲理。

常識要豐富，固然不必多說。而窮研事理，除了探索遠
因、近因之外，也要注意它可能的發展；就必須注意合不
合邏輯，如果條理不清楚，便不合邏輯。綱舉目張，脈絡
一貫，才能夠達到明晰的要求。

敘事的目的，就是對於某一件事，前因後果對讀者說個明
白。

不過，文藝作品的敘事，和一般新聞報導的敘事有所不
同；新聞報導只要把新聞內容報告清楚就可以了，而文藝
作品的敘事，除了清楚明白之外，更要求不枯燥不刻板。

（見1976年1月「幼獅文藝」第四十三卷第一期，總期數
第265期，頁11～12）

　　總之，目前就文章體裁分類而言，記敘文是與論說文、應用文鼎足而立。而敘述是屬於寫作的表達技巧，非關文類。至於敘事文，非但獨立成為文類，並且成為當代的顯學。

參、表達方式

　　就作為表達技巧而言，記敘、敘述和敘事，亦頗多相似。或謂記敘即是敘述與描寫，但是劉世劍、金振邦主編的《作文法大辭典》一書裡，所謂的記敘法則不含描寫，亦即將描寫法另成一法。該書收錄記敘法有六十六條，有三十頁篇幅之多（詳見頁527～557）。事實上與敘述無異。至於敘述與敘事，似乎又有名異實同之嫌。

　　一般說來，敘述與描寫是寫作中最基本、最常用的兩種表達方式。所謂敘述，就是把事情的前後經過記載下來；也就是把事情發生、發展、變化的過程，人物的經歷、事跡，景物的狀態、特徵等表述出來的一種表達方式。其實寫人、事、物的種種特點或變化過程，就是敘述。敘述就是交代人物、事件、環境的存在或來龍去脈。

　　引申的說，敘事可說是記述人和物的動作、變化和事實推移現象的文字手法。與記事比較，記事像圖片，是靜的，空間的；而敘事則像電影，是動的，時間的。敘事既是記人和物的動作、變化或事實的推移等現象，則其內容必須包括：現象的主體、現象發生的時間、現象的演變、現象發生的場所等，亦即是主體、

事實、時間、地點。（註二）

　　中國史傳文學的發達，其敘事文類與敘事技巧之繁富，頗多可觀。從《左傳》、《史記》等古籍中可以看到，前人很早就有自覺的「敘事」意識，並在怎樣敘事這個問題上為後人作了許多精彩的示範。中國古代敘事作品常常展現出故事講述人的敘事天才與嫻熟技巧，這一點特別引起後世評點派批評家金聖嘆、毛宗崗等人的關注。其間並有人歸納敘事的方法，明高琦於《文章一貫》裡，曾引元陳繹曾《文筌》有敘事十一法之說，並加以解釋，其文云：

　　《文筌》敘事有十一法：
　　正敘：敘事得文質詳略之中。
　　總敘：總事以繁者，略言之。
　　間敘：以敘事為經，而緯以他辭，相間成文。
　　引敘：首篇或篇中因敘事以引起他辭。
　　鋪敘：詳敘事語，極意鋪陳。
　　略敘：語簡事略，備見首尾。
　　別敘：排別事物，因而備陳之。
　　直敘：依事直敘，不施曲折。
　　婉敘：設辭深婉，事寓於情理之中。
　　意敘：略睹事跡，度其必然，以意敘之。
　　平敘：在直婉之間。（據《作文法大辭典》頁556引）

　　除外，清章學誠在《論課蒙學文法》中，把敘事方法歸納為二十三種，其文云：

序論辭命之文，其數易盡，敘事之文，其變無窮。故今古
文人，其才不盡於諸體，而盡於敘事也。蓋其為法，則
有以順敘者，以逆敘者，以類敘者，以次敘者，以牽連
而敘者，斷續敘者，錯綜敘者，假議論以敘者，夾議論而
敘者，先敘後斷，先斷後敘，且敘且斷，以敘作斷，預提
於前，補綴於後，兩事合一，一事分兩，對敘，插敘，明
敘，暗敘，顛倒敘，回環敘。離合變化，奇正相生，如孫
吳用兵，扁倉用藥，神妙不測，幾於化工。其法莫備於左
氏，而參考同異之文，亦莫多於《春秋》時事，是固學文
章宜盡心也。（同上）

又有劉熙載《藝概》卷一〈文概〉著重敘事說理的作法，其
敘事頗重《左傳》、《史記》，試將其關敘事部分引錄如下：

春秋文見於此，起義在彼。左氏窺此祕，故其文虛實互
藏，兩在不測。
微而顯，志而晦，婉而成章，盡而不汙，懲惡而勸善：左
氏釋經，有此五體。其實左氏敘事，亦處處皆本此意。
左氏敘事，紛者整之，孤者輔之，板者活之，直者婉之，
俗者雅之，枯者腴之；翦裁運化之方，斯為大備。
劉知幾史通謂左傳「其言簡而要，其事詳而博」。余謂
百世史家，類不出乎此法。後漢書稱荀悅漢紀「辭約事
詳」，新唐書以「文省事增」為尚，其知之矣。
煩而整，俗而不典，書不實錄；賞罰不中，文不勝質：史

家謂之五難。評左氏者，借是說以反觀之，亦可知其眾美兼擅矣。杜元凱序左傳曰：「其文緩。」呂東萊謂「文章從容委曲而意獨至，惟左氏所載當時君臣之言為然。蓋緣聖人餘澤未遠，涵養自別，故其辭氣不迫如此」。此可為元凱下一注腳。蓋「緩」乃無矜無躁，不是弛而不嚴也。文得元氣使厚。左氏雖說衰世事，卻尚有許多元氣在。

學左氏者，當先意法，而後氣象。氣象所長在雍容爾雅，然亦有因當時文勝之習而騎重以肖之者。後人必沾沾求似，恐失之嘽緩侈靡矣。

蕭穎士與韋述書云：「於穀梁師其簡，於公羊得其覈。」二語意皆明白。惟言「於左氏取其文」，「文」字要善認，當知孤質非文，浮艷亦非文也。

左氏敘戰之將勝者，必先有戒懼之意，如韓原秦穆之言，城濮晉文之言，邲楚莊之言皆是也。不勝者反此。觀指覩歸，故文貴於所以然處著筆。

左傳善用密，國策善用疏。國策之章法筆法奇矣，若論字句之精嚴，則左公允推獨步。

左氏與史遷同一多愛，故於六經之旨均不無出入。若論不動聲色，則左於馬加一等矣。

「馳騁田獵，令人心發狂」。以左氏之才之學，而文必範我馳驅，其識慮遠矣。（見漢京四部備要本《藝概》，頁1～3）

史記敘事，文外無窮，雖一溪一壑，皆與長江、大河相若。

敘事不合參入斷語。太史公寓主意於客位，允稱微妙。

太史公文，悲世之意多，憤世之意少，是以立身常在高
處。至讀者或謂之悲，或謂之憤，又可以自徵器量焉。

太史公文，兼括六藝百家之旨。第論其惻怛之情，抑揚之
致，則得於詩三百篇及離騷居多。

學離騷得其情者為太史公，得其辭者為司馬長卿。長卿雖
非無得於情，要是辭一邊居多。離形得似，當以史公為
尚。

「學無所不闚」，「善指事類情」，太史公以是稱莊子，
亦自寓也。

文如雲龍霧豹，出沒隱見，變化無方；此莊、騷、太史所
同。

尚智禮法者好左氏，尚天機者好莊子，尚性情者好離騷，
尚智計者好國策，尚意氣者好史記。好各因人，書之本量
初不以此加損焉。

太史公文與楚、漢間文相近。其傳楚、漢間人，成片引其
言語，與己之精神相入無間，直令讀者莫能辨之。

子長精思逸韻，俱勝孟堅。或問逸韻非孟堅所及，固也；
精思復何以異？曰：子長能從無尺寸處起尺寸，孟堅遇尺
寸難施處，則差數觀矣。

太史公文，韓得其雄，歐得其逸。雄者善用直捷，故發端
便見出奇；逸者善用紆徐，故引緒乃覘入妙。

畫訣：「石有三面，樹有四枝。」蓋筆法須兼陰陽向背
也。於司馬子長文往往遇之。

太史公文，如張長史於歌舞戰鬥，悉取其意與法以為草書。
其祕要則在於無我，而以萬物為我也。（同上，頁12～13）

論事敘事，皆以窮盡事理為先。事理盡後，斯可再講筆
法。不然，離有物以求有章，曾足以適用而不朽乎？

揚子法言曰：「事辭稱則經。」余謂不但事當稱乎辭而
已，義尤欲稱也。觀孟子「其事則齊桓、晉文」數語可
見。

言此事必深知此事，到得事理曲盡；則其文確鑿不可磨
滅，如攷工記是也。梁書蕭子雲傳載其「著晉史，至二王
列傳，欲作論草隸法，不盡意，遂不能成」。此亦見實事
求是之意。（同上，頁37）

敘事之學，須貫六經九流之旨；敘事之筆，須備五行四時
之氣。維其有之，是以似之，弗可易矣。

大書特書，牽連得書，敘事本此二法，便可推擴不窮。

敘事有寓理，有寓情，有寓氣，有寓識。無寓，則如偶人
矣。

敘事有主意，如傳之有經也。主意定，則先此者為先經，
後此者為後經，依此者為依經，錯此者為錯經。

敘事有特敘，有類敘，有正敘，有帶敘，有實敘，有借
敘，有詳敘，有約敘，有順敘，有倒敘，有連敘，有截
敘，有豫敘，有補敘，有跨敘，有插敘，有原敘，有推
敘，種種不同。惟能線索在手，則錯綜變化，惟吾所施。

敘事要有尺寸，有斤兩，有翦裁，有位置，有精神。

論事論諧，敘事調澀。左氏每成片引人言，是以論入敘，
故覺諧多澀少也。

史莫要於表微，無論紀事纂言，其中皆須有表微意在。

為人作傳，必人己之間，同弗是，異弗非，方能持理之

平，而施之不枉其實。

傳中敘事，或敘其有致此之由而果若此，或敘其無致此之
由而竟若此，大要合其人之志行與時位，而稱量以出之。
（同上，頁41～42）

至於敘述，莊濤、胡敦驊、梁冠群主編《寫作大辭典》的定
義是：

敘述。表達方式之一。就是把人物的經歷和事物發展變化
的過程交待介紹出來。

敘述的作用有四：

1. 介紹事件發生、發展的過程；

2. 介紹人物的經歷和事跡；

3. 介紹事物發展、變化的狀況；

4. 為議論性文章提供論據。

敘述是記敘類文章的主張表達方式。諸如背景的交待、場
面的轉換、情節的展開、對話的聯結、人物的行為、歷史
過程的演進、時代的更替，都要借助於敘述。敘述能使描
寫的各個側面聯結起來而成為一個有機的整體，它猶如金
針銀線，把文章的各個因素天衣無縫地加以編織，使讀者
順利地了解文章所表現的內容。運用敘述要根據主題的需
要，安排好敘述的角度、人稱、基調、節奏、密度；處理
好敘述同描寫、議論、抒情的關係；巧妙地綜合運用各種
敘述技巧。（見《寫作大辭典》，頁247，1992年4月，漢
語大詞典出版社）

又《寫作大辭典》一書裡收錄敘述技巧有：第一人稱敘述法、第三人稱敘述法、第二人稱敘述法、多角度敘述、概括敘述（略敘）、具體敘述（詳述）、靜態敘述、動態敘述、順敘、倒敘、插敘、補敘、平敘、轉敘、對敘、合敘、總敘、散敘、跨敘、複敘、環敘、借敘、特敘、直敘、婉敘、間敘、連敘、斷敘、截敘、岔敘、逐層展示法、傳神敘寫法、對比敘寫法、夾敘夾議法、事中見意法、筆中含情法、閃回敘述法、蘊含哲理敘述法、一石數鳥法、冷面敘述法、敘家常法、快速流動法、緩慢流動法等。（註三）

概括地說，敘述是述說人物經歷和事物發展變化過程的一種表達方式。其基本特點在於陳述「過程」。其內容構成要素，就如一般新聞從業者所說的「六何」：何時（時間）？何地（地點）？何人（人物）？何事（事件）？為何（原因）？如何（結果）？也就是英文所說的5W1H：When？Where？Who？What？Why？How？在這六個要素中，人物和事件是敘述的核心，其他要素都與之有連帶關係，因為只有人物和事件才能構成情節，使敘述有中心，有實體。最後擬列表比較敘述、描寫、抒情等表達方式的性質。

比較表達項目方式	對象	要素	適用範圍	角度	獨立性	要求
敘述	人、事	人、事、時、地、因、果	記敘文議論文應用文	第一人稱第三人稱	強	清楚明白
描寫	人、事、景、物	無	記敘文議論文	正面側面	較強	形象生動
抒情	人的情感	無	記敘文	直接間接	弱	直摯動人

（見1992年8月北京師範大學出版社劉夏塘主編《比較寫作學》，頁28）

肆、敘事理論

敘事理論，亦稱為敘事學。

敘事學，法文Narratologie一詞，由法國國立科學研究中心研究員托多洛夫（Tzvetan Todorov）在1969年出版的《〈十日談〉語法》（*Grammiredu Decameron*）一書中首次提出。在此之前，自60年代中期以來，有關敘事學的理論就以不同名稱在法國文學研究和批評中出現，諸如「敘事作品結構分析」、「敘事語法」、「敘述符號學」、「敘事詩學」、「散文詩學」、「敘事話語」等等。70年代敘事學成為西方文學理論和批評界普遍關注和討論的領域，英美批評家將敘事學譯成Narratology，此詞被廣泛認同和流傳。

敘事學是一門非常年輕的學科。以1969年計，它的歷史方不過二十多年，然後在這二十多年裡，它卻獲得迅速的發展，取得

了引人矚目的成就。它以法國為中心，輻射到世界各國，目前已
經成為一門具有廣泛性的學科。

　　敘事學是如此年輕，而它所研究的卻是和人類歷史一樣古老
的敘事交際行為，二者構成了一個有趣的對比。

　　敘事學在其形成的過程中，大量吸取了相關學科和各種文學
批評思潮的研究成果。如語言學、俄國形式主義、結構主義、後
結構主義、接受美學等，其間與結構主義最具血緣聯繫。在西
方，60年代是敘事學的成熟期，也是結構主義思潮的黃金時代，
由瑞士語言學家索緒爾（Ferdinand de Saussure）奠基的結構主
義方法。60年代經人類學家李維斯托（Levi-Strauss）的大力鼓
吹，很快成為風靡一時的社會思潮，李維斯托率先把結構主義語
言學的方法應用於人類學上，特別是應用於原始部落社會的社會
現象和社會意識的研究，取得了很大的成績。在他的成功的鼓舞
下，結構主義語言學的研究方法迅速滲入人類學、社會學、歷史
學、文學等學科。敘事學，就是結構主義思潮在文學研究領域下
的一顆最豐碩的果實。是以，所謂的敘事學可說是濫觴於以什克
洛夫斯基（Viktor Shklovskij）為代表的俄國形式主義文論，通
過法國結構主義文論家羅蘭‧巴特（Roland Barthes）、葛雷馬
斯（A.J. Greimas）、布雷蒙（Claude Bremond）、托多洛夫、
熱奈特（Gerard Genette）等的鼎力發展，在當今勃興於英美的
語義修辭學派文論中得到進一步的弘揚。這種歷史年代上的推延
與地理位置上的遷移，使得上述各家的學說各有不同的側重點。

一、敘事學

　　敘事學是什麼？我們試以羅綱《敘事學導論》中〈引言〉裡

有云：

　　至今這門學科在各個方面都仍然處於形成的過程中，學科
自身的理論基礎還非常薄弱。例如，即使是在敘事學家
們中間，也未能就這門學科的性質、對象、範圍等這樣
一些最根本的問題達成一個較為統一的意見。普林斯編撰
的《敘事學辭典》，在「敘事學」這個詞條項下，就摘錄
了兩種對立的觀點，一種以托多洛夫為代表，這種觀點認
為，敘事學研究的對象是敘事的本質、形式、功能，無論
這種敘事採取的是什麼媒介，無論它使用的是文字、圖
畫、聲音。它著重研究的是敘事的普遍特徵。尤其是故事
的說法，即故事的普遍結構。法國的《大拉霍斯辭典》這
樣解釋敘事學「人們有時用它來指稱關於文學作品結構的
科學研究。」這顯然就是接受了托多洛夫的觀點，另一種
意見以著名的法國敘事學家熱奈特為代表，熱奈特認為：
敘事學研究的範圍只限於敘事文學，即以語言為媒介的敘
事行為，它對故事不感興趣，也不試圖去概括故事的語
法。敘事學研究的主要對象是反映在故事與敘事文本關係
上的敘事話語，包括時序、語式、語態等等。托多洛夫是
敘事學這門學科的命名者，當然有權對它作出某種權威性
的解釋。熱奈特的《敘事話語》至今仍然代表著敘事學研
究取得的最堅實、最有價值的成果，他的意見也是不容忽
視的，普林斯感到難以在二者之間作出仲裁和抉擇，於是
在《敘事學辭典》中，敘事學項下就有了兩種解釋，兩種
定義。（見頁1～2）

　　其實托多洛夫和熱奈特各自強調的，似乎都僅僅是敘事的一個方面。托多洛夫強調的是對故事的研究，可說是廣義的敘事學；而熱奈特強調的是對敘事話語的研究，是狹義的敘事學，二者都是敘事必不可少的因素，因此二者都應當成為敘事學研究的對象。目前大陸頗多學者致力於敘事學研究，試以他們的看法列舉如下：

　　羅鋼於《敘事學導論》裡云：

　　　　敘事學是研究敘事的本質、形式、功能的學科，它研究的
　　　　對象包括故事、敘事話語、敘述行為等，它的基本範圍是
　　　　敘事文學作品。（見頁3）

　　他認為敘事學者通常把敘事作品劃分為三個相互因依的層面：即文本、故事、敘事話語。（見頁9）

　　胡亞敏於《敘事學》一書裡認為：敘事學是研究敘事文的科學，其重點是敘事文的共時狀態，而不是敘事文的演變。

　　有人將敘事文理解為人類在時間中認識個人、社會乃至世界的基本解釋方式。

　　丹麥語言學家葉耳姆斯也夫（Louis Hjelmslev）參照索緒爾關於「語言是形式而不是實質」的思想，提出了形式對實質、表達（能指）對內容（所能）這兩個二分法所構成的四層次圖表，美國敘事學家查特曼（Seymour Chatman）借用這個圖表對敘事文作出如下區分：

	表　　達	內　　容
實質	用於交流的各種媒介（如文字、聲音、畫面）	再現在作品裡的（現實或想像世界中的）客體與行動
形式	構成敘述話語的各種敘述方式	故事組成要素（情節、人物、環境及其結構）

（據胡亞敏《敘事學》，頁13引）

　　由此構成敘事文的四個層次：表達的實質、表達的形式、內容的實質、內容的形式。敘事學的研究對象是敘事文表達的形式和內容的形式，至於敘事文運用何種文字，它與現實或想像活動的關係如何，不屬於敘事學研究的範圍。具體的說，敘事文中的各種敘述方法和原稱之為內容的情節、人物、環境均屬於敘事文形式系統的有機組成部分，都可作分割的、非連續性的分析。

　　胡氏認為敘事學將研究敘事文的三大方面：敘述方式（敘事文表達的形式）、敘事結構（敘事文內容的形式）、敘事學的閱讀（敘事文形式與意義的關係）（見頁14）。因此，他給敘事學的界說是：

　　　　敘事學是對敘事文的一種共時、系統的形式研究，它探討
　　　　的範圍是敘事文的敘述方式、結構模式和閱讀類型，它的
　　　　意義在於為科學地認識敘事文提供理論框架。（見頁17）

　　又傅修延有《講故事的奧祕》一書，其副標題是「文學敘述論」，亦即是立論於虛構性的敘事文體。他認為文學敘述涉及三大要素：故事、文體與敘述。（見頁187）

二、敘述與敘事

敘述與敘事只一字之差，在傳統的文論裡，時常混淆不分。但在當代的敘事理論，兩者的內涵並不相同。

敘述（narratio）是人類與生俱來的一種行為或本質。

敘述是一種言語行為，指的是敘述主體採用語言這種特定的媒介來表達一些內容。

敘述是敘述者用自己的話描述所發生的一切（或講述人物想到和感到的一切，但不用引錄。）最狹義的敘述等於概括（summary）或講述（telling）。用書寫語文的觀點說，敘述是指正文中關於單一事件或系列事件的處理、演繹。單純的敘述僅僅運用在報導事件或資料的記載中。引申的說，敘述在外延上是陳述（用某種符號媒介來表達一些信息的行為的總稱）之一種，與它並肩而立的「演述」，即採用非語言類的符號媒介（如畫面、姿態等）來表達一些信息行為；敘述在內涵上又具體地包括「講述」和「描寫」兩種手段。因此，廣義的敘述非作家、說書人等所能專美，作曲家用音樂、畫家用色彩、啞劇演員用動作來敘述，新聞記者、歷史家、經濟學家也在用不同的手段敘述，大凡帶有傳播性質的工作，都有一定的敘述意味。可以將廣義的敘述定義為一種通訊交流，在這種通訊交流中，傳送者通過某種媒介向接受者傳送信息。

敘事（narrative），就是對一個或一個以上真實或虛構事件的敘述。

所謂敘事，也就是用一種特定的言語表達—敘述，來表達一個故事。換言之，敘事即敘述加故事。

　　有關敘述、敘事的翻譯與界定，伍曉明在譯華萊士‧馬丁（Wal-lace Martin）《當代敘事學》（*Recent Theories of Narrative*）一書的〈譯後記〉有詳細的說明，試引錄如下：

翻譯本書時遇到的最主要的困難是術語的翻譯。首先，從書名中就開始出現並且一直貫穿全書的關鍵術語narrative似乎就無法翻譯，因為我怎麼也找不到一種完美的譯法，能夠準確地傳達出此詞的全部含義及其當代文學理中日益增加的重要性。我手邊的一本文學詞典（*A Dictionary of Modern Critical Terms*，Roger Fowler編，中譯本由四川人民出版社1987年出版，書名為《現代西方文學批評術語詞典》）將此詞譯為「敘述」，似乎略顯不妥。因為「敘述」指動作或活動，是動詞或表示動作的名詞（類似英語中所謂的「動名詞」），narrative則主要指被敘述出來的東西，因此是一種事實而非活動。這個區別十分重要，因為當代敘事理論或敘事學的基本貢獻之一，就是區分了narrative和narration，即「所敘之事」和「敘述活動」。我們可以這樣假定，世界上實際發生的一切（事），在尚未被人形諸語言之前，是按照「本來」面貌存在著的，但是這樣存在的事件不是narrative，而是story，即故事（表現為本來面貌的「故」事，而不是我們通常意義上的「故事」）。當這種意義上的故事被用特定語言加以表述之後，所得的結果才是narrative，即存在於語言之中的，以一定方式結構起來的，並用一位敘述者由特定角度傳達給讀者（聽眾）的一系列事件。而使這一結果成為可能的活

動則謂之narration，即敘述活動。為了行文方便，也為了使譯名更具有術語性，我在本書中把narration基本上都譯為「敘述」，指活動，而將narrative勉強譯為「敘事」，指敘述活動的結果，即「所敘之事」，或者更準確地說，「敘述所得之事」，因為「所敘之事」可能讓人想到前面所說未經敘述的「故」事，而不是業經敘述的「故事」。有時，根據上下文情況，也將narrative譯為敘事作品，以強調其名詞性含義。

「敘事」一詞在當代西方文學理論和批評中獲得重要地位的歷史並不是很長。卡登（J. A. Cuddon）編寫的那本頗有權威性的《文學術語詞典》（*A Dictionary of Literary Terms*），甚至在其1977年的修訂版中都沒有收入這一詞匯。文學批評看重敘事研究恐怕部分上要歸功於結構主義者及其先河形式主義者。他們根據現代結構語言學提供的洞見對於古典和現代敘事作品進行了史無前例的深入而廣泛的研究，由此形成了一門嶄新的文學研究—敘事學（narratology）。為什麼要專門研究敘事？對此，結構主義者的回答也許是，正像我們可以通過語法研究而更好地理解人們的日常言語和說話一樣，對於敘事法則的研究有助於我們更好地理解敘事性的文學話語的活動方式和意義。因此，狹義的敘事研究可以說是有關文學敘事的語法學。但是，當人們意識到，「敘事」並非僅僅是文學——敘事文學——的特權時，敘事的重要性就增加了。現在人們已經公認，並不存在原原本本的客觀事實，因為任何事實或現象都已經是經過描述的，而不同的觀察點和參考框

架和描述語言就決定著一個事實或現象將以何種方式和面
目呈現給我們。於是，理論家們發現，甚至在自然科學領
域，都存在著「敘事」問題。而當我們從自然科學領域進
入歷史學領域時，我們發現，在這裡「敘事」幾乎就是一
切。在杰姆遜（ F. Jameson ）這樣的理論家看來，我們無
法理解錯綜複雜、千頭萬緒的社會歷史，除非是把它講成
一個有頭有尾的、向著一個未來發展的、情節統一的大故
事。弗洛伊德及其後的精神分析學家們則發現，敘事對於
個人的自我理解和自我認識也是至關重要的。我們理解和
認識自己的方式就是講一個有關我們自己的有意義的故
事，而精神分裂則部分地源於未能把個人的過去組織成一
個完整的敘事。在我們的日常社會生活中，新聞報導、奇
聞軼事、小道消息、人物特寫等等都在敘事，而我們就通
過這些敘事來把握和理解我們的現實及其歷史。因此，
「敘事」首先不是一種主要包括長篇和短篇小說的文類概
念，而是一種人類在時間中認識世界、社會和個人的基本
方式。而這在一些理論家看來就我們為何要研究敘事的最
根本的原因。（見頁323～325）

　　從上述與引錄中得知，敘述與敘事的區別。簡單的說：敘事
即敘述加故事。敘事是所敘之事（故事），是名詞；而敘述是敘
述活動，是動作或活動，是動詞或動名詞，是表達方式，是技
法。

　　總之，凡敘事皆有敘述。反之，敘述則不定會是敘事，其中
關鍵在於是否有系列事件的參與。

三、故事

　　故事最單純的解釋，是指一些依時間順序排列的事件的敘述。就敘事理論而言，故事是由一系列事件構成的，什麼是事件？用理論化的語言說，事件就是故事「從某一狀態向另一狀態的轉化」。在這裡轉化一詞強調了事件必須是一個過程，一種變化，如果換用比較通俗的話來說，在故事中，事件就是行動。敘事學是研究敘事文的科學，所謂敘事文是指其內容的形式；而敘事文內容的形式，即是指故事的構成因素和構成形態。敘事學的「故事」是一個抽象概念，它已脫離具體故事所承載的歷史或現實的內涵而成為自主的存在。故事在這裡被定義為從敘述信息中獨立出來的結構。

　　把故事視為結構是結構主義敘事學的主張，並得到當代敘事學的認同。故事的結構性質主要表現為三方面。第一，故事是一個有機的整體，其內部各部分互相依存和制約，並在結構中顯示其價值。第二，故事又是一個具有一定轉換規律的穩定結構。一方面，故事中各要素以及它們的形式連接具有一定之規則，其基本語義原型也代代相襲；另一方面，故事又表現出其固有模式基礎上的多種變異（增刪、缺位、變形等）。故事正是通過這種自我調節的動態過程加強其穩定性的，並由此構成區別於其他種類的基本性質。第三，故事獨立於運用的媒介和技巧，也就是說，它可以從一種媒介移到另一種媒介，從一種語言翻譯成另一種語言。

　　把故事視為結構導致故事研究方法上的變革。這種研究不再從某個具體故事出發，也不再強調情節與外部世界的聯繫，而是

把注意力集中於故事這個相對獨立的對象上來，研究故事的結構特徵，它的各個組成部分，尤其是它潛在的內在關係的形式構架，由此突出故事自身的抽象性質。

　　故事結構的組成要素有：情節、人物、環境，以及它們的構成形態。以下專論情節。

　　敘事文學中的故事情節是由一系列事件構成的。故事與情節是敘事的兩個方面，敘事學者認為故事是敘事的原材料，即按照時間順序串起來的事件，有稱之為「本事」，它是敘事文中的基本事件或事項，未經藝術手法處理的素材，可以稱之為「無形式的故事」。而情節則是實際出現的敘事，是經過藝術安排的故事，包括事件材料在敘述秩序上的安排，人物的組合、敘述者與敘述觀點的利用與變化等等。我們可以將故事看成與歷史自身的事實近似，這些事實總是以同樣速度朝著同一方向前進。在情節中，速度可以任意改變，方向可以任意逆轉。

　　情節是一個一直被批評家們低估並受到輕視的概念，在敘事學中卻被置於突出的地位。情節不再只是某種性格、典型的成長和構成的歷史，也不一定非要有因果關係不可。在敘事學者眼裡，情節被定義為事件的形式系列或語義系列，它是故事結構中的主幹，人物、環境的支撐點。

　　情節可分為三個層次，最低層為功能，中間層為序列，最高層為情節。這裡我們擬略述情節下面的兩個層次：功能和序列，它們是情節構成的基本單位。（註4）

1. 功能

　　功能是敘事文結構分析的一個基本概念，是故事中最小的敘事單位。「功能」一詞是由俄國普羅普（Vladmir Propp）從人類學引入童話研究的，他將功能作為童話結構分析的核心概念。他認為分析應以故事結構為著眼點，以故事組成單元在童話中的組織與結合方式為重心。另外，他又提出兩項原則性論點：第一，表面的「母題」（如毒龍、巫婆）是一種「可變項」，它們的作用或「功能」可用較抽象的單位來統攝；也就是說，事項的作用或「功能」是一種「常數」或「不變項」，而表面的「母題」則是「可變項」。第二，研究童話的結構必須從「不變項」著手，因為「母題」為可變項，面目紛亂繁複，以之為分類對象勢必頭緒雜沓，令人難以尋索其網絡。故事中的「功能」常有數項，普羅普稱之為function，即「功能」單位。普羅普舉例說明：

　　1. 沙皇賞賜給主人公一頭蒼鷹，蒼鷹負載主人公至另一國度。

　　2. 老人送給蘇申柯一匹駿馬，駿馬負載著蘇申柯到另一國度。

　　3. 巫師給了伊凡一條小船，小船載運伊凡到另一國度。

　　4. 公主給了伊凡一個指環，從指環中跳出來的年輕人背負伊凡至另一國度。（據羅鋼《敘事學導論》，頁2731）

　　普羅普認為上述故事中，角色不斷變換，但基本動作或行為卻是相同。這些動作或行為就叫做「功能」。童話的特徵是經常把同一行動分配給各種各樣的人物。在此基礎上，普羅普進一步

提出：「功能被視為人物的行動，由其在情節發展過程中的意義來確定。」這就是說，功能及其意義有賴於存在的語境。「公主給了伊凡一個指環」是作為旅行的旅費，還是作為愛情的信物，要看上下文行動之間的關係，功能的界定不能脫離它在結構中的位置。

　　普羅普的功能研究僅限於一個特殊的敘事領域的童話。隨著研究範圍的擴大，人們對功能這概念不斷調整和充實，以求使之表現出一定的普遍性與靈活性。羅蘭‧巴特在堅持功能是最小的敘事單位的前提下，主張將功能運用於整個敘事文的結構分析。他認為敘事作品中的功能不是依語言單位，而是根據敘事成份在結構中的性質劃分的。功能時而由大於句子的單位來體現，時而由小於句子的單位來體現羅蘭‧巴特在功能研究上的貢獻是對功能作了更為完備細緻的分類。他將功能分為兩大類，一是分布類（功能）；一是結合類（標志），分布類又細分為核心和催化。結合類細分為標志和信息。如圖所示（註五）：

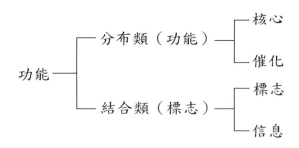

　　結合類主要涉及人物和環境，於此不論。分布類中的核心功能是故事中最基本的單位，是情節結構的既定部分，具有抉擇作用，引導情節向規定的方向發展。催化作用是附屬功能，起著填充、修飾、完善核心功能的作用。它的功能性較弱，但在敘述上有一定位置，它可以加速或減慢話語的速度，有時甚至以一種拖

延性的符號出現，阻礙事件發展。

2. 序列（sequence）

　　布雷蒙最主要的貢獻在於提出「序列」為敘事的基本單位。序列亦有譯為「事綱」（註六），其性質相似普羅普的「回合」（move），所謂回合是指從「釁端」到「結局」而成一段落的發展過程。亦近於一般人所謂的事件。對故事進行的任何研究都要通過事件，因為事件是故事中唯一可以直接把握的東西，其他東西都是程度不同的隱藏在它後面。事件中不僅有動作和時間，還涉及動作主、客體的狀態。是以傅修延於《講故事的奧祕》一書裡，認為「故事的基層單位是事件，事件併為序列，序列再歸併成故事」（註七）。

　　「序列」是「功能」組成的完整的敘事句子，它通常具有時間和邏輯關係，「序列」有「基本序列」和「複雜序列」。

　　「基本序列」由三個「功能」組合而成，它標示著邏輯上的三個階段：潛在性、過程和結果。這些與普羅普的故事構成的起碼條件相似，但是每種功能不像普羅普所揭示的那樣，自動地引向下一個功能，而是面對兩種選擇，也就是說，故事隨之向兩個方向發展，其結構圖解如下：

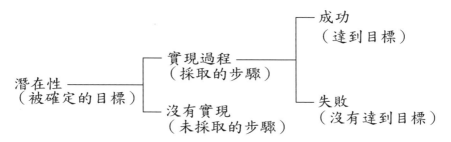

（見雷蒙‧凱南《敘事虛構作品：當代詩學》，頁27。）

　　這三項具有關聯的功能就構成了一個基本序列。這種三種功能組合也是情節的最簡單（也是基本）框架。

　　基本序列以不同方式結合，可產生複雜序列，其典型形式有三種：

　　鏈狀（enchainment）。是指兩個或兩個以上的序列前後連接成鏈狀。亦即是一個序列結尾，同時又是下一個序列的開頭。

　　鑲嵌（embedding）。是指一個序列完結之前，穿插入另一個系列。

　　並列（joining）。同一層次的序列，借助某種相似點作平行連接。亦即涉及序列解釋觀點的應用。同一件事可從不同的觀點來評斷，因此同一件事在不同眼光裡，也構成了不同的功能。

　　我們可以說，敘事文即是系列的各種形態的組合。從作者觀點來看，「系列」的概念能指出「創作」時個別功能取擇的過程，並進而形成整個情節形態；以讀者觀點看，「系列」是他參與故事進行的導向點，是他把握領會故事的全部發展的根基。

　　又「序列」在採取步驟的發展過程中，最重要的因素是「抉擇」的可能性，即人物意向或意志力量與故事發展的密切關係。「抉擇」觀念的引進使布雷蒙能夠結合敘事發展的兩個重要現象：敘事形態的必然性（普羅普的舊說）與其自由性（布雷蒙創見）。

　　功能是故事中最小的敘事單位，但分析故事的第一個步驟卻是分析其「序列」數目。

　　「序列」如何結合為「情節」，進而成為敘事文體。亦即是情節的組織。所謂情節的組織原則是指「序列」組合為情節的規律。它主要有兩大原則，一曰承續原則，即對「序列」的形式安

排，其間包括時間連接、因果連接和空間連接，這是一種句法模式；一曰理念原則，是對敘事文意義單位的某種有規律的組織，包括否定連接、實現連接和中心連接。理念連接可視為對情節組織原則中形式連接的補充和完善，這種原則有語義學上的意義。

（註八）

四、結語

　　最狹義的敘述等於概括或講述。由此可知，敘述是人類與生俱來的一種行為或本能。對人來說，講述故事是最自然、最普遍不過的事了。遠古的洞穴裡，在火堆的照耀下，在洞外野獸的嗥叫聲中，人們便是靠講述故事度過那漫漫長夜，從那以後，由於需要，人群中總有人充當講述故事的角色。世界上的人也就分成兩種：講述故事的與聽故事的。再往後，隨著人類文明程度的提高，人們對故事的主要消費方式也有了改變。今天，講述故事是一種敘述形式，笑話是一種敘述形式，廣告也是另一種敘述形式，當然電視、電腦也是敘述形式。敘述的範圍廣又種類各異。語言學家把敘述能力作為衡量發達語言的運作能力的一個指標。

　　又有人將敘事文理解為人類在時間中認識個人、社會乃至世界的基本解釋方式，敘事無所不在。

　　敘事文的特徵是敘述者按一定敘述方式結構起來傳達給讀者（或聽眾）的一系列事件。而文學性的敘述即是指敘事作品，其敘述可視為是建構「虛構的世界」的一個過程，而敘述的本質、內容與魅力，亦皆在於虛構（註九）。與其他虛構的遊戲相比，文學性敘述要求讀者或聽者有更強的虛構能力，表面看來，這不是好事，因為遊戲的難度增大了。然而要注意一個事實，文字性敘

述使用的媒介是我們無時不在使用的語言文字，我們很容易適應使用這種媒介的遊戲；而且，我們的虛構能力總是會隨著我們的語言能力不斷提高，因為從思維角度看這兩者幾乎是一回事。更重要的一個事實是，語言文字是最經濟便捷、最富於表現能力的通訊媒介，故事講述人幾乎不用挪腳動胳膊，僅動動嘴皮就能令聽眾精驚以極，神遊萬仞，令滿室風生雷動，柳暗花明。因此，敘述比其他虛構的遊戲更能夠馳騁我們的想像，更容易傳達時空幅度廣闊的信息。這兩個事實有助於解釋為什麼敘述會成為最受人歡迎的虛構遊戲。是以米勒（ J. Hillis Miller ）在〈敘事〉（ narrative ）一文裡提出三個問題：

> 為什麼我們總是需要故事？
> 為什麼我們一再需要「相同」的故事？
> 為什麼我們總是需要更多的故事？
> （詳見1994年牛津大學出版張京媛等譯《文學批評術語》，頁87～107）

　　或許，敘述不僅是人類與生俱來的一種行為或本能，它更是人類的一種永恆的藝術需要。

　　最後，我們不得不說，故事與敘述是有所不同的。故事依時間及邏輯關係展開，具有穩定的形態，敘述則千姿百態。同一個故事，不同的人有不同的敘述安排：可以從頭至尾敘述，也可以從故事的中間或結局開始敘述。或許這就是敘述的魅力所在。

　　日本教育心理學家板本一郎站在兒童教育的立場，把兒童身心的成長與故事之關係，分為如下幾個階段：

1.故事期（四歲～六歲）：這時期的兒童喜歡聽些民間故事和從生活中取材的故事。因此應給他們這類富於想像的故事，讓他們從文學的享受中獲得益處。

2.寓言期（六歲～八歲）：這時期的兒童，逐漸能判別想像和現實的世界，並且也能接受簡單的社會法則了。因此最適宜給予一些有寓意的故事，以幫助他們的成長。

3童話期（八歲～十歲）：這時期的兒童對現實世界加上想像的色彩，而在人際關係以及行為方面趨向合理化。因此需要供給鼓舞積極思想的讀物，以培養他們的思考力和實踐力。

4.小說期（十歲～十五歲）：這時期的兒童可以閱讀描繪現實社會的小說，因此必須供給適合他們興趣和了解能力的少年小說，使他們獲得有益的「間接經驗」。（以上引自1983年10月黎明文化公司許義宗《兒童文學名著賞析》中〈兒童文學的基本理念〉，頁18）。

附註：

註一：詳見1986年6月東北師範大學出版社，金振邦編著《文章體裁辭典》，頁11～13。

註二：詳見1973年3月臺灣學生書局梁宜生《文章作法》，頁86～88。

註三：詳見《寫作大辭典》，頁247～257。

註四：以下有情節層次之論述，主要是以胡亞敏《敘事學》一書為依據，詳見頁118～130。

註五：表見《敘事學》，頁121。其中略增文字。

註六：高辛勇《形名學與敘事理論》一書譯為「事綱」，頁144。

註七：見該書頁88。

註八：有關「情節的組織原則」，詳見《敘事學》頁124～130。

註九：有關虛構，詳見《講故事的奧祕》，頁6～20。

參考書目

1.《小說修辭學》W.C.布斯著　華明、胡蘇曉、周憲譯　北京大學出版社 1987.10

2.《小說敘事學》徐岱著　中國社會科學出版社 1992.9

3.《小說形態學》徐岱著　杭州大學出版社 1992.11

4.《文體論》薛鳳昌著　商務印書館 1934.6

5.《文章作法》梁宜生著　臺灣學生書局 1973.3

6.《文章辨體序說、文體明辨序說》吳訥、徐師曾　長安出版社 1978.12

7.《文章作法全集》胡懷琛等編著　新文豐出版公司 1979.5

8.《文章寫作學》朱艷英主編　麗文文化公司 1994.11

9.《文學概論》張健著　五南圖書公司 1983.11

10.《文章技法辭典》金振邦編著　東北師範大學出版社 1991.6

11.《文學結構主義》羅伯特、休斯著　劉豫譯　桂冠圖書公司 1992.5

12.《中國文體學辭典》朱子南主編　湖南教育出版社 1988.11

13.《形名學與敘事理論——結構主義的小說分析法》高辛勇

　　　　著　聯經出版公司 1987.11

14.《作文教學法》梁啟超著　臺灣中華書局 1980.2臺三版

15.《作文講義》趙澤厚著　幼獅文化公司 1985.10

16.《作文法大辭典》劉世劍、金振邦主編　吉林人民出版社
　　　　1992.12

17.《故事學綱要》劉守華著　華中師範大學出版社 1988.12

18.《怎樣講故事》孫敬修、肖君著　語文出版社 1990.7

19.《敍述與描寫的技巧》姚紅、禹維民、王寶華著　福建教育出
　　　　版社1989.6

20.《敍事虛構作品：當代語學》雷蒙——凱南著、賴干堅譯　廈
　　　　門大學出版社 1991.8

21.《敍事學導論》羅綱著　雲南人民出版社 1994.5

22.《敍事學》胡亞敏著　華中師範大學出版社 1994.5

23.《記敍文寫作》李碩豪、朱悅雄、楊永信著　廣東人民出版社
　　　　1985.12

24.《記事文教學釋例》張九加著　文史哲出版社 1987.2

25.《記敍文一題數作法》蔣祖怡著　文史哲出版社 1989.8臺一版

26.《記事寫人方法》師遠鍾主編　知識出版社 1992.6

27.《記敍文寫作指導》方仁工、陸逐著　上海教育出版社 1993.7

28.《現代散文類型論》鄭明娳著　大安出版社 1987.2

29.《現代文學欣賞與創作（上冊）》簡宗梧著　國立空中大學
　　　　1987.6

30.《現代散文構成論》鄭明娳著　大安出版社 1989.3

31.《散文欣賞（一）》梅遜著　大江出版社 1969.9

32.《散文結構》方祖桑、邱燮友著　蘭臺書局 1970.7

33.《當代敘事學》華萊士・馬丁著　伍曉明譯　北京大學出版社　1990.2

34.《說故事的技巧》林玉體主編　時報文化公司　1988.11

35.《寫作大辭典》莊濤、胡敦驊、梁冠群主編　漢語大詞典出版社　1992.4

36.《講故事的奧祕——文學敘述論》傅修延著　百花洲文藝出版社　1993.1

37.《讀書作文研究》文經緯等著　信誼書局　1978.7

38.《體裁與風格》蔣伯潛著　世界書局　1982.11臺四版

　　（本文2000 年5月刊登於《兒童文學學刊》第3期，頁20～63，臺東市，國立臺東師院。）

談閱讀

　　讀書、知識與權力、功利，時常糾纏難解，古今中外似乎皆然。

　　宋真宗〈讀書樂〉有云：

富家不用買良田，書中自有千鍾粟；

安民不用架高堂，書中自有黃金屋；

娶妻莫恨無良媒，書中自有顏如玉；

出門莫恨無人隨，書中車馬多如簇；

男兒欲隨生平志，五經勤向窗前讀。

　　有人批評這是封建的功利思想，所謂「萬般皆下品，只有讀書高」，似乎臭酸得有夠味。

　　英國哲學家培根（Francis Bacon, 1561-1626）在《新工具》一書說：

人類知識和人類權力合為一體，因為我們如不能發現原因，就不能產生結果。要想指揮自然，必先服從自然。因此思維中所發現的原因，就成了實行中的規則。（見臺灣商務印書館1971年3月臺一版關琪相譯本，頁37-38）

　　英文中常說的「知識就是權力」的名言，即是源自於培根。這句名言，正反映了當時英國新興資產階段為了發展資本主義生產，衝破宗教、神學和士林哲學的束縛，對促進科技事業發展的強烈願望和高度重視，也反映了培根對作為巨大生產力的科技及知的社會作用的深刻理解。這句名言的思想，激勵人們去掌握人

類已有知識，探索新的知識，開拓未知的領域，也成為人們讀書學習的動力。

　　而艾文・托佛勒（Alvin Toffler）於《大未來》（Power Shift）一書裡認為：雖然權力來源有很多種，但暴力、金錢和知識的確是權力最重要的憑藉，每種因素在權力遊戲中都有不同的形式，許多企業界的人士相信且有品質的差異。暴力或脅迫的弱點就在缺少彈性，只能用來處罰，只能算是一種低品質的權力。比較起來金錢段數雖是高些，卻也只是中級品質的權力。最好品質的權力是來自知識的運用。知識可以用來獎懲、說服或甚至轉化。還有，只要掌握正確資訊，可以避免浪費錢財與力氣。

　　後培根時代的革命正在全球進行。古代的權力大師，不論孫子、馬基維里或培根，都無法想像今日深沉的權力轉移。無論暴力或財富，都必須依賴知識才是以發揮真正的力量。

　　知識搖身變成當今品質最高的權力，它一改以往附屬於金錢與暴力的地位，而成為權力的真髓，甚至是擴散前二者力量的最高原則。（以上詳見1991年吳迎春、傅凌譯本，第一章、第二章，頁2-19）於是，所謂的閱讀或讀書的話語，亦只是一種對權力的規範或操控的手段，閱讀是手段、是結果。因此，倡言閱讀運動、新閱讀主義，不知其精神何在？更不知運動與主義是否為另一種的制約？讀者是否會在其中迷失而不知返？傅柯（Michel Foucat, 1926-1984）對知識與權力的論述，亦足以令人驚心。

　　閱讀、知識與權力糾纏的功利取向，雖是無可厚非，卻也不是唯一的意義，宋朝黎靖德編《朱子讀書法》，前三則開宗明示：

讀書是求學問者的第二事。（弟子李方子記錄）

讀書已是第二義。這是因為人生的道理當下完具，而人所以要讀書，無非是為了人曾經歷見識過許多道理。聖人是經歷見識過許多道理的人，乃將這些經歷與見識寫在書冊上給人看。而我們現在讀書，就是要見識得這些道理。等到我們對道理真有所領會，便知道這些被領會了的道理，皆是我們自己當下本有的，絲毫不是從外頭旋添進來的。（弟子楊至記錄）

學問，須就自家身上切要處理會才是，那讀書的事已是第二義。自家身上道理都完具，何曾須從外面添加進來什麼。話雖如此，聖人教人，卻盡要人讀書，這是因為，自家身上雖道理完具，仍須經歷過，領會過，才真個是有所得於己。至於聖人說的一切，都是他曾經親身經歷過來的。（弟子蕭佐記錄）

學者第一事，正是意義的追詢與索問。

做為第二義的「讀書」的本質，一言以蔽之，是從第一義意義領會來說的，就是去認清自己在歷史的「時」，就是去擁有一個可安身立命的「世界」。

讀書之於人生是如此根本與必要。「自家雖有這道理，須是經歷過，方得。」讀書，為人指點出來的是存在的種種可能性。

古人高風，正似程顥稱許周敦頤有云：

周茂叔窗前草不除去，問之，云與自家意思一般。（見《二程語錄》卷四）

　　讀書可以閱讀自然，可以閱讀人，更多的是指圖書的閱讀。雖然，「書不盡言，圖不盡意。風月無邊，庭草交翠」（朱文公文集卷八十五濂溪先生畫象贊）是有自家意思顯現。然而，宋人讀書卻有失高蹈。未若孔子親切自然：

　　　　學而時習之，不亦說乎？有朋自遠方來，不亦樂乎？人不
　　　　知而不慍，不亦君子乎？（學而篇）
　　　　學而不思則罔；思而不學則殆。（為政篇）
　　　　十室之邑，必有忠信如丘者焉，不如丘之好學也。（雍也
　　　　篇）
　　　　吾嘗終日不食，終夜不寢，以思，無益。不如學也。（衛
　　　　靈公篇）
　　　　古之學者為己，今之學者為人。（憲問篇）
　　　　學如不及，猶恐失之。（泰伯篇）

　　孔子的讀書有如吃飯睡覺，更似人類的一種本能的行為。
　　面對讀書、知識與權力、功利的共生，面對學習型的社會，如何推展終身學習，重建閱讀理念，重返閱讀的本質，亦即希望閱讀的關係從知識權力的桎梏中解放，閱讀成為一種互動，一種休閒和遊戲，這是我們所該慎思之處。
　　讀書，是終生的本能行為。
　　為自己在忙碌的生活中開闢另一個世界，無拘無束地在書中徜徉──讀一直想讀而沒有時間讀的書，讀與工作不相關的書，甚至讀自己都不知道為什麼要讀的書！讀一些「閒書」，把自己

變得少一分功利、多一分氣質！

　　而後，胸中灑落，有如光風霽月；乾坤朗朗，自有生機。

　　　　本文2000年9月刊登於《書之旅讀書通訊月刊》第七卷・第三期，頁9～11，臺北市。）

兒童‧文學與閱讀

壹、前言

　　兒童閱讀在教育部長曾志朗的大力推動下，目前已成為運動（或活動）。其實，文建會於1999年兒童節即宣示2000年訂為千禧兒童閱讀年。為迎接兒童閱讀年，本人於1999年7月受文建會委託，主持一項「臺灣地區兒童閱讀興趣調查」。

　　為方便進行調查，研究以臺灣地區設有屬於三峽國民學校教師研習會國語科實驗班的小學二至六年級學童為體；由於一年級學童入學不久語文能力恐有不足，可能難以進行問卷調查，也就不列為研究對象。這些小學依所在地都市化程度分成：1.臺北縣市2.高雄市、臺中市、臺南市3.其他縣市等三層別，採等機率抽樣，最後實際各層別所抽人數有2080。其中除南投縣埔里國小當時為災區學校（九二一大地震），所抽中的班級（計150）無法回收外，其餘均能回收，完成1794有效樣本。經分析與研究，並於2000年2月出版《臺灣地區兒童閱讀興趣調查研究》一書。

　　有關問卷調查，有「學童家擁有媒體與課餘活動」、「兒童閱讀狀況」、「兒童閱讀的興趣」等三部分。其中，有關「兒童閱讀興趣」，其現象如下：

　　1. 閱讀書籍的形式：
　　依序卡通、漫畫型態的書、文字為主的書。又不曾在網上看書的高達66.6%，其中常看卡通的高達55.5%。

2.內容的類別：

最喜歡者笑話62.4%、謎語54.7%、冒險故事、漫畫48.1%、童話39.1%。

選詩最喜歡者：童詩9%、現代詩3%、古典詩4%。

選少男少女小說最不喜歡者的比例高達26.1%。

至於兒童所閱讀的讀物，選本土創作的比例最高46.2%、翻譯居次37.7%。

選改寫的最少28.7%（以上詳見2000年2月文建會出版《臺灣地區兒童閱讀興趣調查研究》，頁44～47）

從分析研究結果，我們的結論是：

1. 學童家中擁有的視聽媒體（如電視機、錄音機、錄放影機、電動遊樂器、個人電腦），可說已相當普及。

2. 學童家中訂閱報紙、雜誌的比率偏低。

3. 學童每天所擁有可自由運用的課餘時間，雖然120分鐘以上的佔最多（35.5%），但只有1～30分鐘的也有22.1%。

4. 學童喜歡看課外書的比例應該說是不低，又看文字為主的閱讀雖居第三位，但文學性讀物則偏低。但是真正實踐看課外書超過一小時的比例則偏低。

5. 閱讀課外書主要來源來自父母者偏高。

6. 課外書資訊管道來自老師推薦者偏低。

7. 學童閱讀場所以家中為主，且以自己一個人閱讀為主。

8. 學童最喜歡的讀物是笑話與漫畫，比例高達四成，至於

最喜歡詩者（含童詩、現代詩、古典詩），合計比例不
到2%。

9. 學童所閱讀的讀物，選本土創作的比例46%，翻譯
37%，選改寫的有28.7%（同上，頁57）

至於，建議則是：

1. 對學童而言，主體性有待加強。

2. 對父母而言，可否放輕鬆些。

3. 對教師而言，可否稍加典範。

4. 對出版界而言，本土創作並不寂寞。

5. 對學術界而言，小說對學童的適切性值得探討。（同
上，頁63～64）

其實，有關兒童閱讀，其重點在於父母、師長與學校，尤其
是觀念的變革，以下試從兒童與兒童文學、閱讀的意義、兒童文
學閱讀的樂趣與兒童文學閱讀的策略等方面申論之。

本文書寫方式採用後現代拚揍與組合的方式，其行文出處雖
未能一一註明，但皆可見之於參考書目。

貳、兒童與兒童文學

喜歡閱讀的人都知道，不管大人或小孩，看書是因為喜歡閱
讀，不是因為看書對我們有好處。所以當兒童發現喜歡的讀物，

自然的養成了讀書的習慣，這情形跟大人並沒有兩樣。兒童也跟大人一樣，從讀書當中獲得其他方式所無法得到的種種經驗。

一、兒童

對於兒童兩字的解釋，可因立場的不同而有所差異。但不論對兒童時期怎樣劃分，一個兒童能欣賞文學作品，在心理、生理等方面，總要在三、四歲以後。

所謂「兒童性」亦即承認兒童的「主體性」，這種觀點也是近代以來兒童文學觀的特點。

兒童文學之所以能自立門戶，是因為它有特定的服務對象。一般說來，是以三歲至十五歲為讀者對象的文學。這是它的特點與特性之關鍵所在。兒童文學最大的特殊性在於：它的生產者（創作、出版、批評）是具有主控權的成年人；而消費者（購書、閱讀、接受）則是被照顧的兒童。因此，從某種意義上來說，一部兒童文學發展史，就是成人「兒童觀」的演變史。兒童文學的發現來自兒童的發現，兒童的發現直接與人的發現緊密相連，而人類對自身的發現，則是一段漫長的探索歷程。

儘管自古以來就有兒童的教育問題，可是把兒童當做完整個體看待的觀念，卻直到二十世紀初期才逐漸形成。在此之前，兒童被視為「小大人」，他們沒有自己的天地，只是成人社會的附屬品。二十世紀以後，由於發展心理學蓬勃發展，以及教育理念的演進，各界對兒童的獨特性才加以肯定，認為從發展的觀點看，兒童不是小大人，而是有他們自己的權利、需要、興趣和能力的個人。聯合國於一九五九年通過「兒童權利宣言」，可說正是這種潮流的具體反應。

　　在一段很長的時間中，童年並沒有什麼特性。根據歷史學家的研究，歐洲各國在十六世紀以前，根本就沒有同「童年」這個觀念，在那個時代，小孩子只是具體而微的成人。正因為「兒童」這觀念是逐漸產生的，所以對於兒童文學有意識的創作，在十六紀前也就成為不可能的事了。

　　從「童年」這觀念的認清到兒童文學的受到重視，其間約有二百年的時間。大概在十八世紀末以後，小孩子才不再是大人的縮影。在教育家眼裡，小孩子是獨立存在的，兒童需要一種特殊文學的觀念也因而產生，於是兒童文學的創作，才開始以兒童的興趣及教育並重。

　　兒童的特殊性受到承認，當首推十七世紀捷克教育家夸米紐斯（Johann Amos Comenius, 1592 -1670），他最主要的貢獻就是把孩子看成一個個體。而英人洛克（John Locke, 1632-1704）也認為教育必須配合孩子的天份和個人的興趣。其後盧梭（Jean Jacques Rousseau, 1712-1778）在《愛彌兒》中首揭兒童教育的基本主張。在《愛彌兒》一書中才能找到孩子特別的本性為出發點的教育原則。在很確切的目的下，不論求取知識方面、禮貌教育或品德教育方面，大家開始為兒童寫作。盧梭掀起了兒童研究的狂潮，兒童也拜盧梭、洛克之賜，開始從傳統權威中掙脫出來。此後，「自然兒童」的呼聲響徹雲霄；而後裴斯塔洛齊（Johann Heinrich Pestalozzi, 1746-1827）更步其後塵，將「教育愛」用在兒童身上；又福祿貝爾（Friedrich Wilhelm August Froebel, 1782-1852）更身體力行，致力於學前教育；二十世紀以來，蒙特梭利（Dottoressa Maria Montessori, 1870-1952）以醫學和生理學眼光來探究兒童心靈的奧秘，提倡「獨立教育」，並創辦「兒童之

家」；而杜威（John Dewey, 1859-1952）則是進步主義運動的推動者；又皮亞傑（Jean Piaget, 1896-1980）更以認知心理學的層次來開墾兒童心智上的沃土。他們都將教育的重點建立在兒童身上，是「兒童中心」學說的反映。

　　所謂「兒童中心」的教育主張，就是尊重兒童的獨立自由性。在這種新觀念的主導下，「注重啟發」、「摒棄教訓」及「兒童本位」便成為二十世紀兒童教育思想的主流。傳統教育以「小大人」為目的的兒童讀物已不符合新的兒童教育觀念，因為它們是從大人的角度來編寫的，在內容上通常只考慮到文字的淺顯，並未顧及兒童的興趣與需要。真正的兒童讀物應該是以兒童為考慮中心，它的目的是在幫助兒童的發展。因此，如何創作一些可以抓住兒童的好奇心、幽默感和挫折感的文學作品，正是現代兒童文學作家所要努力的。申言之，兒童文學要站在兒童的立場，用「兒童的心理」、「兒童的語言」來創作。兒童文學在形式上和內容上，都是受到限制的，當一個作家在為兒童寫作時，必須意識到：兒童特有的感覺、兒童特有的思考、兒童特有的心理反應，以及兒童特有的價值觀等。換言之，現代的兒童文學要以兒童發展為考慮基礎。這是我們在談論現代兒童文學時所必須有的基本認識。

二、兒童文學

1.定義

　　在西方，兒童文學也常被歸為次等文學、邊緣文學或模糊文學，甚至有人認為專為兒童所寫的作品，不應該稱之為文學。直到十九世紀兒童文學始逐漸被人承認為正當的文學創作。進入

二十世紀以後，專業的兒童文學作家才漸漸出現，而學科也因此成立。但對於「兒童文學」的界定，則仍有各種不同的說法。

「兒童文學」一詞，就文法結構而言，是屬於組合關係的「詞組」，也稱「附加關係」或「主從關係」。其間「文學」是詞組中的主體詞，稱為「端詞」；「兒童」是附加上去的，稱之為「加詞」。它最簡單而又明確的解釋是：兒童的文學。

但由於文法結構的限制，它只是由兩個名詞組合而成的專有名詞，其文義並不周延，且由於對「兒童」、「文學」有各種不同的解釋，於是有了各種不同組合的定義。

就主體詞「文學」而言，無論中外，皆有廣義、狹義之分。廣義的兒童文學即所謂的兒童讀物；而狹義的「兒童文學」則著重在「文學性」，不包括非文學性的作品，亦即所謂「想像文學」或「純文學」類。就加詞「兒童」而言，以成長年齡分，「兒童」一詞亦有不同的說法。不論對兒童時期如何劃分，一個兒童能欣賞文學作品，在心裡、生理、社會等方面，總要在三、四歲以後。依民國六十二年一月二十五日經立法院三讀通過的《兒童福利法》第一章總則第二條謂：「本法所謂兒童，係指未滿十二歲之人。」因此，一般人所謂的兒童是指：自入托兒所至小學畢業（三歲～十二歲）止的一段時期，若延長可至初中畢業（十五歲）。是以，有人從發展的角度，將兒童文學細分為：幼兒文學（三歲～八歲）、兒童文學（六歲～十二歲）、少年文學（十歲～十五歲）、青少年文學（十五歲～十八歲）。

又就「兒童」主體與客體「文學」之間的歸屬而言，仍有兩種不同的說法：

第一種說法是：所謂兒童文學就是指適合兒童閱讀的文學作

品，無論是兒童自己的寫作、成人作家特為兒童而寫的作品，或是成人文學作品之改寫、刪節，甚至直接選用介紹給兒童閱讀者，全在範圍內。這種說法最為普遍。

　　第二種說法是極端的狹義：認為「兒童文學」是特別為兒童而寫的文學創作，需有其一定的特質。這種說法興於「兒童文學」已有頗具規模的成長，且逐漸自成文學的一種之後，通常是在教授兒童文學之創作與批評時所採用的說法。

　　其實，各種界定劃分都只為便於解說，難有十分清楚的分界。在兒童文學演進的初期，兒童與成人文學間的界限顯然模糊不清，然而就研究與教學的立場而言，兒童文學一方面要有兒童的特色；一方面要有文學的意義。因此我們認為兒童文學在本質上乃是在於「遊戲的情趣」之追求；在實效上則是在於才能的啟發，而其終極目的則是在於人文的素養。是以，這種屬於兒童的文學作品，乃是經過一種的設計；這種設計，不論在心理上、生理上與社會上等方面而言，皆是適合於兒童的需要。

　　至於普遍的說法，「兒童文學」、「兒童讀物」兩個用詞，則屬互通的同義詞，有時兒童文學一詞，亦包括創作、鑑賞、整理、研究、討論、出版、傳播與教學在內。

2.分類

　　在未談到兒童文學分類之前，我們必須對兒童讀物一詞有所說明。我們一般所說的讀物是指書籍、雜誌與報紙而言。因此「兒童讀物」即是指專供兒童閱讀、欣賞、參考或應用的各種書報雜誌；這種屬於兒童的讀物，是經過一番精心設計而成，也就是說是為適應兒童時期的需要所編印的。

　　兒童讀物一詞，廣義的說法是：凡適合兒童閱讀的、欣賞的、參考的或應用的書報、雜誌，甚至幻燈片、電影片、電視劇、電子書皆是；而狹義的是：僅供兒童課外閱讀的書報與雜誌。

　　一般說來，兒童讀物因其傳達媒介的不同，可分為文字與圖畫；又因寫作目的的不同，可分為非文學性的和文學性的，因此我們認為兒童讀物可以表分類如下頁。非文學性的讀物亦稱為知識性的讀物，重在傳達各種知識；而文學性的讀物，則重在傳達美感或遊戲的情趣。至於圖畫性的讀物，則是一種思想媒介，可以引導幼兒領會語言的聲音及意義。嚴格說來，凡是兒童讀物皆不離圖畫，只是圖畫多少的不同而已。從學習心理的立場來說：知識性的讀物屬於直接學習；文學性的讀物是屬於間接學習；而圖畫性的讀物，則是屬於啟蒙性的學習。

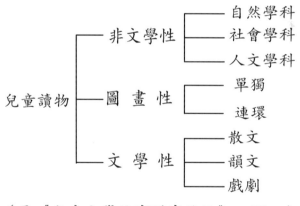

（見《兒童文學故事體寫作論》，頁26）

　　直接學習是一種正規的教育，而我們這裡所要說的則是屬於間接學習的文學性讀物，也就是所謂的兒童文學。兒童文學與兒童畫、兒童音樂，在某種意義層次上是相同的。兒童文學的目的，並不是在灌輸文學家最基本的文學訓練，而是在透過兒童文

學來培養出一個富有創造能力，同時在理智與情感皆能達到平衡的健全國民為目的。更簡單地說，亦即是透過遊戲的情趣來達到智慧啟發的目的。兒童文學的內容包括至廣，依據前面兒童讀物裡對文學性的分類再以表細分如下頁。對兒童文學做分類，事實上是吃力不討好的工作，因此我們勢必做某種程度上的說明。表中所列散文包括：敘事、抒情、說理、寫景四種，這是涵蓋式的分法。至於日記、書信、遊記、傳記、笑話、謎語皆可包括在此四種裡面，而不做其他種類的排列。至於故事、寓言、神話、童話、小說原則上不論其材料來源如何，就其本身來說，皆含有故事性，其差異只是故事性的偏向有所不而已，而我們把這些類型歸之於散文類，乃是採用傳統的分類法：

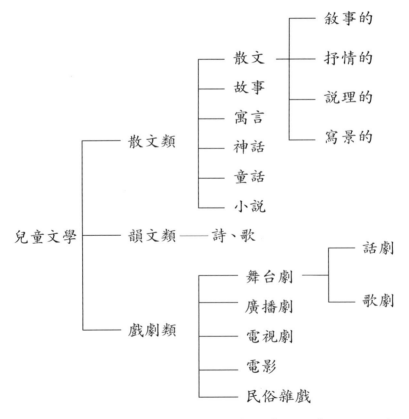

（見《兒童文學故事體寫作論》，頁27）

三、兒童文學的魅力與價值

　　自小鼓勵兒童們發展對閱讀和文學的興趣與態度是重要的，因為那將伴隨他們終生。這樣的態度可幫助兒童成為有才能的學生和有思想的成年人；更重要的是，文學將豐富兒童的生活，並幫他們尋找自身存在的意義。

　　文學滿足許多需要，也傳遞許多價值觀，而這些內容可能是無法直接區辨出來的。文學並不像電子遊戲或是電視節目那麼引人入勝，但它的確提供了某些與眾不同的東西。

　　不論兒童或成年人，通常都需要有時間反省自己的經驗。反省與思考能促成更深入的學習和理解。而書本能讓人反覆閱讀，可以令人陶醉於有趣的、吸引人的或是重要的內容之中。這是其他媒介所無法達到的。例如，兒童第一次經歷大雪、在雪中遊戲的經驗可能是很興奮的。想讓他深刻的保有這個記憶，擁有一個更富有意義、更值得回憶，可以引導他讀一讀與雪相關的書，尤其是繪本。

　　在現當代的社會中，毫無疑問，兒童們有必要認識他們生活世界中的新科技，那將是他們生活中的一個重要部分。然而，書籍和文學也同樣重要，也是他們生活中不可分割的一部分，一般說來，文學的價值是：

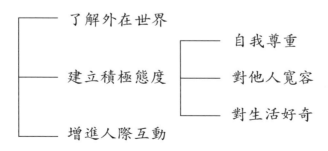

（詳見《幼兒文學－在文學中成長》，頁4～8）

參、閱讀的意義

　　傳統的文學理論，缺乏有系統地研究文學的閱讀活動。作品的完成即是文學的完成，也因而成了文學理論的止步之處。閱讀的性質，閱讀對於文學的意義，至今仍然是一片混沌。其實，文學的閱讀是文學全過程的一個本體部分，從社會和歷史的某種角度看，甚至是比創作更為重要的文學的實現過程。沒有了閱讀，任何「偉大」的作品也只能被歷史湮沒。因此，我們以為，閱讀必須進入文學本體，閱讀原本即是文學本質的一部分，是文學的歷史存在的方式。

一、解讀理論的演進

　　歸納西方現代文學批評史的脈絡，可發現文學讀解理論經歷了三個明顯的階段：即由作者中心論發展到文本中心論，乃至讀者中心論。

　　作者中心論，以探討作者寄寓於作品中的本意為旨歸，包括實證主義批評、社會——歷史批評、傳記式研究以及各種創作心理分析研究等。中國古典文論中「以意逆志」思想和《紅樓夢》研究中「作者自傳說」、索引派，可畫入此種讀解方法。文本中心論，是以作品文本自身作為理解作品意義的前提、根據和歸宿，包括俄國形式主義、英美新批評以及結構主義批評等。讀者中心論，是把讀者對作品意義的創造性闡釋提到批評史上前所未有的高度，它由現象學導源，後經結構主義的「解構」，產生了

風靡全世界、並且至今不衰的接受美學和讀者響應理論等新起的批評學派。這三個階段也是表明三次轉折，昭示了文學讀解理論嬗變的歷史軌跡。

　　走向讀者，這意味著在美學領域研究重點的一個根本性轉移。

　　走向讀者，這意味著方法論的一個重大變革。

　　走向讀者，這意味著文學研究在文學與社會、美學與歷史之間長期被人為分割造成的鴻溝上架起了一座橋梁。

二、從作品到文本（From work to text）

　　自從結構主義興起以來，「文本」的概念開始漸漸替代了傳統的「作品」觀念。「文本」顯然是一個較為中性化的字眼，同時包容了如新批評之將藝術作品孤立地閱讀，傳統的作者之「作品」，以及接受美學之讀者反應各個方面。「作品」這個觀念在當代理論中顯得無力，而「文本」之承時而起亦帶領著批評理論走進新的時代。

　　文本是現代文學理論經常使用的概念。在一般的意義上是指按語言規則結合而成的詞句組合實體，它可以是一段極短的話語記錄，也可以是一篇作品，或一部著作。在一般符號學理論中，文本也可以指超出語言文本之外的存在系統，如音樂文本、畫面文本、建築體文本等等。

　　在接受理論中，文學文本和文學作品是兩個性質不同的概念。(1)文本是指作家創造的同讀者發生關係之前的作品本身的自在狀態；作品是指與讀者構成對象性關係的東西，它已經突破了孤立的存在，而是融會了讀者（審美主體）的經驗、情感和藝

術趣味的審美對象。(2)文本是以文字符號的形式儲存著多種多樣審美信息的硬體；作品則是在具有鑑賞力的讀者的閱讀中，由作家和讀者共同創造的審美信息的軟體。(3)文本是一種永久性的存在，它獨立於接受主體的感知之外，其存在不依賴於接受主體的審美經驗，其結構形態也不會因人因事而發生變化；作品則依賴接受主體的積極介入，它只存在於讀者的審美觀照和感受中，受接受主體的思想情感和心理結構的左右支配，是一種相對的、具體的存在。由文本到作品的轉變，是審美感知的結果。也就是說，作品是被審美主體規定了的文本。（以上見《文學讀解與美的再創造》，頁33）

三、接受美學

　　詮釋學在德國的發展稱為「接受美學」（reception aesthetics）或「接受理論」（reception theory），接受理論探討讀者在文學中的角色。我們知道，沒有讀者，就不會有什麼文學文本。文學文本不是存在於書架上，它們是閱讀實踐中具現出來的顯義過程（processes of signification）。

　　接受美學的雙子星座姚斯與伊瑟爾，在破除舊範式，建立新理論中方向一致，協同合作，在總體追求上，都致力於將文學理論的重心從作者——作品關係的研究轉向文本——讀者關係的研究，都具有當代解釋學的哲學立場，圖式如下：

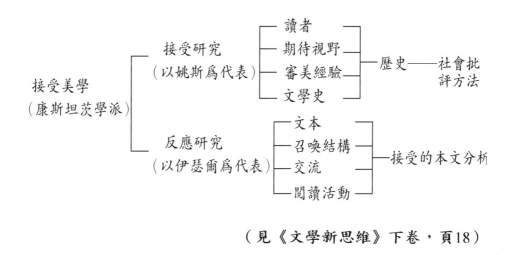

（見《文學新思維》下卷，頁18）

以下試介紹兩人的接受美學理論。

（1）姚斯

文學作品從根本上是為讀者而創作的。這可以說是姚斯理論的總領綱和出發點。他從幾個方面作了具體闡發，歸納起來有以下一些主要觀點：

1.高度重視讀者在文學價值實現中的能動作用，把讀者提到了一個突出的重要地位。

姚斯認為在作者、作品和讀者的三角形中，讀者並不是被動的部分，並不僅僅是作為一種反應；相反的，它自身就是歷史的一個能動構成。一部文學作品的歷史生命如果沒有接受者的積極參與是不可思議的。因為只有通過讀者的傳遞過程，作品才進入一種連續性變化的經驗視野。在閱讀過程中，永遠不停地發生著從簡單接受到批評性的理解，從被動接受到主動接受，從認識的審美標準到超越以往的新的生產的轉換。這就是說，讀者閱讀的過程不是被動地反應，簡單地接受的過程，而是一種能動地參

與，積極地創造的過程。因為任何讀者都有自己的生活閱歷和對藝術的接受水平，他在感應藝術時，都要自覺或不自覺地聯繫與調動自己的生活經驗和人生感受，這就必然帶來理解藝術的主觀性、參與性和能動性。第一個讀者的理解將在一代又一代的接受之鏈上被充實和豐富，一部作品的歷史意義就在這過程中得以確定，它的審美價也是在這過程中得以證實。

據此，姚斯認為，首先文學作品並非既定不變的客觀認識對象，而是具有「動態生成的特點」，它只有在讀者能動的閱讀活動中才能獲得再現的生命。也就是說，作品的意義與價值並非只是作者賦予作品的，其中它包含著讀者的豐富與創造。姚斯認為一部文學作品，並不是一個自身獨立，而是向每一時代的每一讀者均提供同樣的觀點的客體。它不是一尊紀念碑，形而上地展示其超時代的本質。它更像一部管弦樂譜，在其演奏中不斷獲得讀者新的反響，使文本從詞的物質形態中解放出來，成為一種當代的存在。顯然，姚斯強調的是理解的主觀性，而否定作品的客觀性。在他看來，文學作品的價值與意義並不是永恆不變的，也不是純客觀的，對所有時代的所有讀者都是完全一樣的，而是在讀者的能動的閱讀中決定的，是一個可變的曲線。

2. 把文學史看成是文學的效果史、讀者的接受史。

3. 既然讀者的接受意識決定了作品的價值和文學史地位，那麼，作家在創作時必須考慮到讀者的「期待視野」。

「期待視野」是姚斯接受美學理論的一個重要概念。這個概念並非姚斯首創，它是指由讀者的文學閱讀經驗所構成的某種定勢或先在結構。包括讀者從已閱讀的作品中獲得經驗、知識，對不同文學形式與技巧的熟悉程度，以及讀者個人的生活經歷，文

化修養，欣賞水平，藝術趣味等等。這些因素化合成一種機制，一種期待，一種對藝術的要求與判斷尺度。

「期待視野」決定了讀者對作品內容與形式的判斷標準，以及對作品的基本態度和評價。這樣，作者在創作時，必須考慮到讀者的期待視野，考慮到能否為讀者所理解與接受。

4. 對文學作品接受的研究包括歷時性研究和共時性研究兩個方面。

所謂歷時性研究（也稱垂直接受），是從歷史延續的角度考察文學作品被讀者接受情況的及其變化。不同時代，不同時期的讀者由於所處的歷史條件和文化氛圍不同，對同一個作家、同一部作品的理解、評價儘管有其連續性的一面，但更具不同之處；有時甚至差異很大。造成這種差異的原因，一方面是由於讀者期待視野的變化；另一方面也是由於作品中「潛在含義」逐漸被接受者所發現。一部作品，特別是一部優秀與偉大的作品，它的全部涵義不會也不可能為某一時代的讀者所窮盡，它只有在不斷延續的接受鏈條中逐漸為讀者所發掘出來。

所謂「共時性」研究（也稱水平接受）是考察某一歷史時期不同讀者、讀者層或集團對作家作品的接受情況。由於讀者所處的國度、社會地位、生活經歷以及所受的教育的不同，必然造成他們藝術欣賞水平與趣味的不同；因而他們對於作品的理解、接受與評價必然也有所不同。接受美學就是要考察、研究上述的垂直接受和水平接受的複雜情況，它包含了接受研究的深度和廣度。

5. 讀者的能動作用不僅表現在它能夠影響，甚至決定文學作品的接受狀況以及它在文學史上的地位和評價，而且還表現在它

能夠間接地影響文學的再生產。（以上詳見《接受美學與中國現代文學》，頁30～36）

（2）伊瑟爾

　　伊瑟爾則重視個別文本和讀者之間的關係。如果說姚斯研究的是宏觀接受，那麼，伊瑟爾研究的則是微觀接受。

　　伊瑟爾把揭示文本與讀者之間的關係作為他建構自己接受美學理論體系的任務，他從區分文本的類別入手，首先確立文學的特殊性，他的觀點主要如下：

　　1.文學文本與一般的論說性文章完全不同，它是用描寫性語言，形象地藝術表現人們的生活；在此基礎上進行想象和虛構，它所描寫的現實並非完全等同於我們經驗中的現實。這種文本與現實的不一致性，使文學作品產生某種「不確定性」和「意義空白」。這種「不確定性」和「意義空白」將由讀者在閱讀和接受中得到填補與實現，促使讀者去探尋作品的意義，並把別人的經驗變成自己的經驗。因此，不確定性與空白點構成了作品的基礎結構，這就是伊瑟爾所說的「召喚結構」。

　　伊瑟爾認為，一部文學作品之所以具有永恆的魅力，並不是因為它描寫了超時代的「永恆價值」，而是因為它的結構總能使人納進新的東西，在這個過程中，作品的空白點起了關鍵的作用。因此，「空白」不是作品的缺陷，而是作品產生效果的根本出發點。從這個意義上說，好的或較好的作品，總是在作品的意象結構中留有較多的空白和不確定點，形成潛在的，「召喚結構」，以調動、激發讀者根據自己的人生經驗去想象、去補充，去創造。

2.伊瑟爾認為，文學作品的意義只有在閱讀過程中才能表現出來，它是作品與讀者相互作用的產物，而並非潛藏在作品自身等待解釋者去發現的價值。傳統的解釋學尋找文本中潛在的意義，伊瑟爾則一反傳統，試圖把意義當作文本與讀者相互作用的結果，當作「被經驗的結果」，而非被解釋的客體。在他看來，文學作品既非完全的文本，亦非完全是讀者的主觀性，而是二者的結合或交融。同一部作品之所以會被不同時代的不同讀者作出不同的解釋，是因為作品自身有一個「回旋餘地」，這個「回旋餘地」為讀者的多種解提供了可能。在此基礎上，再加上接受者的個人感受體驗等，於是便形成了「見仁見智」，「多義性」等現象。

3.文學文本並非生活世界的精確對應物，它描寫的儘管是我們似乎熟悉的世界，但它畢竟又是虛構，它所描寫的世界與讀者的經驗世界不會完全相同。因此，在閱讀過程中讀者不僅要調動自己的生活經驗，還要展開想象與聯想的彩翼。這樣一來，作者的意圖與讀者的理解，讀者與讀者的理解也不會完全吻合，有時甚至差異很大。從這個意義上說，接受過程是一種再創造的過程。（同上，頁36～38）

四、閱讀活動的層次與閱讀的基模

讀者致力於理解文本時，他們可以利用的語言層和線索系統，其圖式如下：

口語和書寫語言的層次和線索系統		
意義和語用		
經驗的／觀念的意義		情境脈絡
人際的意義		文化語用
文章的意義		
詞彙－文法		
語法		用字
句型		形式
字尾變化		頻率
句型標示：功能字		搭配
形音：訊號層次		
口語文章	（語音關係）	書寫文章
語音系統		文字系統
聲音系統		拼字系統
語調		標點符號

（見《談閱讀》，頁114）

　　引申的說，文學文本的結構可畫分為三個層次：語言層、現象層、意蘊層。

　　文學文本中的語言層，可分為形、音、義等層面。現象層，就敘事性文本而言，則包括故事、情節、人物、環境等要素。而意蘊層是指文本的現象層——現象體系所蘊含的審美意識。（詳見《文學理論》，頁94～132。）

　　我們知道閱讀是從眼睛提供視覺刺激給大腦，到大腦建構出意義，我們必須經歷四個循環：視覺、感知、語法以及語意。比

較有效的作法是把它們想成一個連續的歷程，一旦我們開始閱讀（接受視覺刺激），每個循環就緊接著它前面的那個循環。我們馬上從閱讀的情境脈絡中建立起對意義的預期，而這預期將影響我們看文章時會去注意讀哪些部分。

（見《談閱讀》，頁161）

　　該記住的一件事是：我們跳著讀。閱讀的目的是建構意義，而且我們有很多建構自己的文章所必備的訊息，因此我們可以，而且確實會略過下一個閱讀的循環。我們會預測，要視覺影像一形成，就已經決定了它的意義是什麼。然後我們補缺跳過的循環：相信我們看到了字母，認識這些字，認得句子的句型。我們確實是利用視覺訊息去形成感知，根據這些感知決定句子的語法和用字，然後在決定了我們所讀文章的語言結構和用字之後，我們才能讀懂意義。但是閱讀不是直線式的歷程——各種訊息任何時候我們都可以利用。而訊息是含混的，因此我們在跳著讀並推測結論的同時，也必須注意是否有跟自己的結論相衝突的訊息。

至於閱讀的基模，讀者建構的文章只存在讀者的腦中！閱讀歷程的焦點是在這個跟作者的文章相平行，而且讀者自己建構而來的文章；視覺感知的控制與語法結構的決定都根據這個文章。文章的結構和意義都是由讀者來建構的，如果有不對勁的地方，讀者重新建構他們腦中的文章以求意義通順。讀者的閱讀差異以及自我修正都能顯示這個建構以及再建構的過程。讀者努力去了解作者想表達的意義，但是他們所建構出來的意義是他們自己的。

下面這幾個重要概念可以視為基模，導引我們探討這個建構性閱讀歷程的細微部份：

> ▶閱讀是個動態的歷程，閱讀時讀者運用有效的策略來尋求意義。
> ▶讀者的一舉一動都是他們要理解意義所做的嘗試。
> ▶讀者變得很有效率，只用剛好足夠的訊息就能完成理解意義的目的。
> ▶讀者帶到閱讀活動裡來的訊息，以及他們從文章取來運用的訊息，二者對成功的閱讀都很重要。（見《談閱讀》，頁159）

五、閱讀的十個幸福

《閱讀的十個幸福》一書，是法國丹尼爾・貝納（Daniel Pewnac）的新作中文翻譯本。他在中文本的序文〈看我的書，讀我的心〉有云：

　　我所寫的這本薄薄的書，是為了獻給那些消沉的學生們；因為他們覺得自己經不愛讀書，而且學校這個原本讓人受教育的地方也已經拋棄他們而去。

　　在這些孩子之中，有一些是我自己曾教過的學生。但我相信我已經說服了他們一點：書本不會咬人，書本是我們最親近的朋友，書本不是神聖不可侵犯的東西。

　　而且只有當我們不再害怕接觸書本的時候，書本所帶給人們的幸福，大家才會真正體會到。

　　作者有二十年的教學經驗，他把學生在學校中可能會面對的問題集合起來，做了一番分析。他想為讀者找回閱讀的本質和樂趣，他一開始就呼籲——還給孩子們「聽」書的樂趣，父母要懂得充實，他反對父母師長對孩子的集體壓迫，讓孩子對書本產生恐懼。他對於「拒絕書本」的「閱讀低能兒」或迷失在「閱讀叢林的訪客」有深厚的同情，於是他提出他的教學理念，宣示了「關於閱讀的十大權利」：

1.不讀書的權利。

2.跳頁閱讀的權利。

3.不讀完整本書的權利。

4.一讀再讀的權利。

5.什麼都可讀的權利。

6.包法利主義的權利。

7.到處都可閱讀的權利。

8.攀爬頁數的權利。

9.大聲朗讀的權利。

10.保持沉默的權利。（詳見《閱讀的十個幸福》，頁 152～187）

肆、兒童文學閱讀的樂趣

兒童只要是喜歡而迷上的書，其他任何好玩的事物，都引誘不了他，一心喜愛著不放手。這種閱讀的樂趣從何而來？

一、古典主義的說法：

1.保羅‧亞哲爾《書‧兒童‧成人》的說法

保羅‧亞哲爾（Raul Hazard, 1878 ～1944）是法國著名的文學史家。他認為閱讀的樂趣是來自於好書，但好書是怎樣的？他說：

我喜愛忠於藝術的書。這是怎麼說呢？就是訴之於「直觀」，而得以培養兒童觀察力的書。是孩子們讀了，也會覺得它具有質樸之美的書，而且那種深刻的感動，將成為終身回憶的書。

我也喜愛原原本本的，把兒童們在腦子裡描繪的事物呈現出來的書。在這整個的世界，豐豐富富提供的，森羅萬象當中，特別選取適合兒童的東西，那並不是現實人生給成人的那種東西。換句話說是真正屬於兒童的，幽思不可思議的童話世界，可以解放兒童的心，使他們喜悅的書。這種書可以保護兒童，守住想像

世界的幸福，避開現實法則的束縛。

　　還有給與兒童不是感傷，而是內容豐富且感性的書。能把人類高貴的感情吹進兒童心坎的書，使兒童尊重一切生命──包括動物的生命，植物的生命，森羅萬象的生命。同時不會輕視天地萬物和身為靈長的人類，存在心中的神祕的那種東西。

　　還有我也喜愛承認遊戲是重要的，不可或缺的活動的書。知性和理性的鍛鍊，並不是可以立即產生利益的，也不是能在實際生活中發生作用的。好的書應該不以立即效果為目的，而且絕不可把它當做目的。

　　我喜愛啟發兒童知識的書。我喜愛不標榜什麼文法啦！幾何學啦！等顯然的題目。我特別喜愛的書，是選擇所有知識當中，最艱深的，也最必要的，把它啟發給兒童的書。也就是認識人性──人類的心情的書。像貝洛這樣的人，就講述奇異的故事，以富於機智的，十分優雅的方法，給與孩子們正確的知識。他在寫故事以前先仔細的觀察人性，並且不用枯燥的，沉重的語言，而以充滿魅力的文章，滲入人們的心靈深處。這樣的故事能促進孩子們旺盛的成長力，使他們的精神圓熟，綻開睿智的花朵。

　　我所喜歡的書，是含有高尚的道德的書。我所說的道德，並不是賜給了窮人兩便士，就以為自己很偉大的那種想法的道德，也不是空流眼淚而不知愛鄰人的敬虔主義者，更不是資產家的偽善，或是把只限於一個時代，一個民族的特殊缺點，吹噓得像優點那樣的道德。我不認同撇棄心靈的共感，也不認同無視於個人的努力，而以強權壓迫弱者的那種橫暴的道德。

　　我所喜愛的道德是永遠不變的真理，能讓人類的心靈活潑起來，激奮起來，願奔向真理的道德。沒有私心而懷抱誠實的愛情

者，總有獲得回報的一天，縱使別人沒有回報他，但他自己將獲得精神上的益處，我所喜愛的書，就是告訴讀者這種道理的書。

我所喜愛的書是告訴讀者，貪欲是何等醜陋，說人壞話，滿口謊言的，最後每當開口，就會從嘴裡跳出蛇蠍、毒蟲。有這樣的故事的書，是我所嚮往的。

我所喜愛的是以培育個信賴真理和正義的心為目的的書，說到這兒，我們再來聽聽貝洛的話：

「在孩子來說，沒有不能消化的真理，一點兒興趣都沒有的真理。當然孩子們很討厭這樣的東西，如此硬邦邦的真理，假使用興味盎然的故事包裝起來，然後誠摯的送給兒童，相信他們也會高興的接受的。用這樣的方法來教育兒童認識真理，做父母的一定樂觀其成。孩子們的心靈是清澈的，感覺是率真的，因此接觸這種教育時，會表現驚人的，敏銳的反應。就由於他的心靈是一張白紙，所以會把一切東西都吸進去。譬如故事中的男主角遇到不幸，他們會傷心，會意氣消沉，但幸福一旦降臨故事中的主角身上，他們立即高興的幾乎要蹦跳起來。當壞人得意的時候，他們會心情焦灼的觀看事情的發展，如果一旦發現壞人受到報應和懲罰了，他們也會興奮的似乎要歡呼起來。」

當然要滿足所有條件是很不容易的，我也知道這種困難。說起怎樣的才是好書，兒童為對象的，比成人為對象的，條件要嚴格得多。給大人的好書已經很不容易寫了，如果以為小孩的書可以交給才華低劣的人草草綴成，那只會出現消化不良的假讀物，壓迫並扭曲幼嫩的心靈。如果寫兒童書的人，像道貌岸然的道學家，板起面孔教訓兒童，灌輸知識，甚且把缺點說成優點，醜陋為美，給與孩子更大的誤解和迷惑，那就不可原諒的了。我所說

的大人壓迫兒童，就是這樣的意思。（詳見頁89～94）

2.李利安‧H‧史密斯《歡欣歲月》的說法

　　李利安‧史密斯（L.llian H .Smith）加拿大人，1912年受聘為多倫多市立國書館兒童部主任。1952年退休。他也是強調閱讀的樂趣是來自於典經的好書，她說：

　　具有真實價值的書，是誠實的，真實的，有夢的書，是讓兒童讀了可以成長的書。認識了這個道理，就會選真正的好書給兒童了。因為成長是兒童的天性，兒童是不能靜止不成長的，兒童必須不斷有心身的變化和活動。不能啟發兒童想像力的書，不能伸長兒童的心的書，這不僅浪費了兒童的時間，那損失更是無法補救的錯誤啊！兒童們必須用讀書的手段來獲得成長的滿足，然後又迅速的轉向別的「手段」，繼續享受成長的喜稅。

　　兒童們從讀書當中吸收的，是永恆的，確實有價值的東西，那是基於他們不斷成長的本能而來的。沒有誰比兒童更會緊抓自己所要的東西，就是怎樣威脅，他都不肯放手。兒童們確實能夠看出具有不朽價值的書，以及對成長有用的材料。

　　兒童在「懷著趣味」中閱讀的一切，會成為他日後讀書、研究的基礎和背景。更重要的是那種樂趣，會激起兒童禁不住要讀書的動機呢！

　　因此優秀的兒童書，對問題的處理一定是明快的，真率的，對價值判斷更是完整的，直截了當的。而且這些問題決不是採取說教的方式，而是把道理隱藏在作品內部，以暗示的方式呈現。

　　一本優秀的書，給與兒童心靈上的震撼，就像一次難得的，充實的經驗，這個經驗對感受事物靈敏，容易受影響的兒童時代

而言，是可以培養很好的判斷力的基礎的。

　　童稚時代心中總是洋溢著想像的樂趣，這個想像世界的門，到了成人時代要再開啟它，是須要有一把鑰匙的，那就是掌握在兒童手中的——樂趣。當成人閱讀童書時，他的人生經驗和聯想，還有成熟了的分析力，都會無意中阻礙他的興味，因此成人感受的樂趣，在性質上或許跟兒童不相同吧！譬如成人在兒童的書裡發現了「文學性」而雀躍歡欣，可是這在兒童來說並不會有所感覺。他們的感覺是籠統的，跟看到一幅美麗有趣的圖畫，或聽到愉悅的音樂一般，兒童品味的是語言的美，文章的技巧，而不是那些可分析的因素。

　　在兒童文學的種種領域裡，我們選擇有一定身價的「古典」，分析它的「質」，以便用來批評新作品。所謂「古典」是指已有定論的傑作，當一本新書出現時，可以拿它來幫我們做健全的比較。兒童們是為了心靈的喜悅而讀書的，同樣也為了好奇、求知而讀書。

　　為兒童寫作，是一種藝術，我們也應該以藝術的眼光來考察它。在這裡談論兒童文學。焦點仍然要放在「文學」，而且文學性濃厚的作品，才算是純真的，有價值的作品。如果有的書是把目標放在兩種意義上，雙腳踏雙船的，我們就不考慮談論它。我們就把兒童的書看成：不管在心靈的成長或知性的啟發，都有永恆的價值的作品。本來給兒童的就是需明朗的，快樂的東西，我們不願再加上不當的其他因素。

　　無論是民間故事或幻想故事，或是冒險小說，也不管兒童的書以怎樣的姿態出現，我們都是看清當中所含的美和真實，以及使我們感動的力量為目標，而無視於其他因素的態度來考察作

品。（詳見頁18～30）

二、後現代的說法：

1. 培利‧諾德曼《閱讀兒童文學的樂趣》的說法

　　培利‧諾德曼（Perry Nodelman）目前是加拿大Winnipeg大學英文系教授。他這本書的中心立場和主要焦點是代表了兩種關鍵理論性切入方法：羅森布萊特（Louise Rosenblatt）和伊瑟爾（Wolfgang Iser）所發展的讀者反應理論，以及當前文化研究名下的各種意識型態關注。他認為閱讀的樂趣，並不一定來自經典，於是他針對「舊的事實」，提出下列「新的問題」：

　　● 如果文本的優劣真有天壤之別，何以許多人，甚至文學專家，對這些問題卻意見分歧？價值判斷可不可能至少有部分由讀者來決定？

　　● 如果文學價值如此具爭議性，我們怎麼知道哪些文本值得研究？

　　● 誰來決定何謂優美，何謂智慧？我們憑什麼相信他們的判斷？莫非他們擁有特權，得以決定何謂雋永，何謂唯美？

　　● 這麼說來，難道不夠唯美的文學作品就毫無閱讀的價值？也許藉由作品所反映出來的缺失，讓我們能領悟智慧與美感的真諦。

　　● 只閱讀文學作品就順理成章讓我們具有細膩的賞析能力嗎？未能學得文學賞析能力的學生就該被全盤否定，就該不如人嗎？這種偏見可不可能是附庸風雅，強迫別人接納觀點使然？

　　● 文學作品難道只有概念和美學價值是重要的嗎？只想讀個有趣的故事或看則笑話輕鬆一下時，又怎麼說？非得目標崇

高，才叫做閱讀嗎？

● 難道不可以討論文學帶給我們的立即樂趣嗎？為什麼？

● 人類文化的多樣性有可能確實分享共有的智慧嗎？人類的想法不會受時空影響嗎？

● 文學作品可不可能超越作者有意識及無意識的假設和目的？作者可不可能超脫時、空、地對他們的設限？當我們企圖理解作者的假設時，可不可能在文章裡發現作者對非我族類持有的偏見？所謂的好書，可不可能是掌權者宣稱自己良善地位重要的宣傳工具？

● 文學作品中的概念如果是亙古不變，人人可以領略的，為什麼一般人，甚至是知識分子，對於文學的解讀和心得卻大相逕庭？

● 談「正確的」解讀時，是否忽略了個人感受和理解的差異？我們該忽略個人差異嗎？應不應該把個別差異納入考量？

● 真是這樣嗎？所有知識分子的品味都相同嗎？就算都相同，那樣好嗎？這種一致性是否會限制個人自由潛能的發揮，減低多樣化的繽紛色彩？（詳見頁19）

事實上，我們的經驗是──許多孩子的確喜歡讀一些自己不懂的詩，就連自己無法讀詩的小小孩，也喜歡聽人家唸，並不會因為詩中奇怪的語言而感到陌生。如果真想要了解寫給兒童閱讀的故事或童詩，我們不僅應該問自己，它們是否有趣，是否能刺激思考，還需要關心，作為兒童文學的文本，它們的特別之處何在？許多喜愛閱讀的讀者都知道，閱讀文學的主要樂趣就是文學能把我們自己抽離而想像我們是別人；但是喜歡閱讀的人都知道，不管大人或小孩，看書是因為喜歡閱讀，不是因為看書對

我們有好處；樂趣來自於我們閱讀的方式和內容使我們思考與感受，如果我們要為孩子推薦作品，相信我們應該基於閱讀的層面而推薦讀者想要閱讀和喜歡閱讀的作品。

※文學的樂趣

什麼是文學的樂趣？下面便列舉一些為例：

● 文字本身的樂趣——可以發出的聲音型態，字彙互相組合的有趣方式，表達得意、恐懼或美麗圖像或想法的能力。

● 引發我們情緒的樂趣——因喜劇的情境而笑，感覺角色經驗的痛苦或歡樂。

● 運用我們的詮釋體系以及理解策略的樂趣——感受到自己的熟練。

● 體認我們文學的空隙（gaps），因而學到可以填滿鴻溝的資訊或策略的樂趣——因此變得更加熟練。

● 文本的文字所引發的圖像或想法上的樂趣——可以去想像未曾謀面的人與地，以及去思考不曾考慮過的想法。

● 故事的樂趣——情緒投注與抽離、疑懼的延長、高潮與結局、構成情節繁複的機會與巧合。

● 公式的樂趣——重複我們以前所喜歡的故事當中，那種令人心安的熟悉經驗。

● 新鮮感的樂趣——體會不一樣的故事和詩歌類型。

● 講故事的樂趣——我們意識作家的觀點或對某項事物的強調，如何影響我們的反應。

● 結構的樂趣——意識到文字、圖像或事件如何組成有意義的故事。

● 知道一部文學作品的各種元素似乎恰如其分地組合成一

個整體的樂趣。

● 文本有時表現出暗中破壞或否定其自身完整性的樂趣。（這種閱讀樂趣是來自解構主義（deconstruction）的文學理論。）

● 為自己找鏡子的樂趣——認同小說中的角色。

● 逃避的樂趣——至少在想像中脫離現實，並經驗不同人的生活與思想。

● 了解的樂趣——看見文學不僅反映生活，還對生活加以評論，使我們能夠思考自身經驗的意義。

● 透過文學而觀察的樂趣——了解詩歌與故事，如何在我們準備好或未準備的情況下，企圖操控我們的情緒，影響我們的理解以及道德判斷。

● 認出形式與文類的樂趣——看到文學作品之間的相似性。

● 透過文學獲得對於歷史及文化見解的樂趣。

● 與其他人討論對所讀文本之回應的樂趣。

● 對我們的回應產生更深層的理解，以及把回應連至對其他文本的回應和對文學的一般的了解的樂趣。（詳見頁36～37）

閱讀這些文本的各種樂趣，都可歸結到一項基本樂趣：加入與他人溝通的行動。回應故事或圖畫就是在和表達不同人格或經驗情趣的文本交流；而和他人談論我們體驗過的文本，則是不同心靈的交流。我們靠閱讀文學來體驗自己之前不知或不熟悉的想法及經驗。我們談論文學以進入與他人的對話，因為好的詩歌、故事和圖像，總是能夠給人新的體會——無論我們聽到關於它們的新想法、分享它們新的體驗或拿有新體驗的文本與它們比較，

文學的樂趣就是對話之樂趣──讀者與文本之間的對談、讀者與其他讀者對於那些文本的對談。

我們可以說閱讀的樂趣來自於我們閱讀的方式和內容使我們思考與感受，如果我們要為孩子推薦作品，相信我們應該基於閱讀的層面而推薦讀者想要閱讀和喜歡閱讀的作品。申言之，最成功的文學課程不僅營造了孩子滿心閱讀的情境，同時也讓孩子盡可能接觸各種不同的書：不僅是我們認可的「優良」文學，也包括我們可能認為是垃圾的文本；不僅是孩子可以輕易理解的文本，也包括一些不常見的文本。

伍、兒童文學閱讀的策略

理解（understanding）、闡釋（interpretation）和應用（application）是解釋學的基本命題與範疇。而接受美學則同時從美學、及文學批評的方法論角度，以理解、闡釋與應用三個範疇為基礎，來探討在文學意義的建構中的不同層次、不同階段和不同方式的閱讀。

文學閱讀可分成三個不同的層次：

一、是「文學解讀原理」，主要探討文學解讀的基本規律與讀者反應論原理。包括文學解讀的本質與特徵、完形律法則、解讀的開放性動態建構、解讀心理過程及其思維機制、解讀模式與方法學規律、解讀能力的功能體現和內在結構、解讀與文學特性等等，這個理論層次重在從宏觀上勾畫文學解讀學原理的基本構成。二是「文本解讀結構」，主要探討文本解讀的多重層次面。

從解讀主體來說，實際上是闡釋文本解讀多種不同的視點和對這些視點對象的解構。它包括構成文本語體形態的秩序與節奏、語象世界的意象與境界、語義體系的內蘊發掘等等。這個理論層次重在從文學本體結構論上立體化地闡釋文與質、表層與深層、文本的解讀結構及其詮釋規律。三是「文學文體解讀」，主要探討文體解讀中品類特徵的審識和把握。包括散文解讀論、詩歌解讀論、小說解讀論和戲劇解讀論。這個理論層次重在從文體的藝術個性出發，闡述文學文體解讀學原理和規律。以下擬從文學解讀原理與結構的觀點，略述其相關概念。

一、閱讀：文學的本體存在

文學的閱讀活動是整個文學過程中一個極為重要的構成部位或基本環節，是一切文學活動得以發揮的基礎，我們可以說閱讀即是文學的本體存在。

1. 閱讀進入文學本體

文學的閱讀是文學全過程的一個本體部分，從社會和歷史的某種角度看，甚至是比創作更為重要的文學的實現過程。沒有了閱讀，任何「偉大」的作品也只能被歷史煙沒。因此，我以為，閱讀必須進入文學本體，閱讀原本即是文學本體的一部分，是文學的歷史存在的方式。「文學源始於一種人類最基本的對話與交流」這一命題。人類需要互相交換、交流、交往、交談、對話，人類需要互相表現、互相傾訴、互相抒發感情。這是人類由自然人向社會人的轉化的歷史性進程。

閱讀進入本體，是在肯定創作主體和文本作為文學本體的構

成部分的前提下，將閱讀主體視為同一本體的構成部分。作為同一過程中與創作環節相連接的閱讀環節來進入文學本體。

接受美學要著力解決的是文學本質中審美性與歷史性的視野融合，共時觀與歷時觀的融合，歷史性與社會性的視野融合；而這一切都是在重新肯定閱讀——接受者的本體地位中的展開的。

所以，在我們看來，閱讀進入本體正深刻體現了文學本質的歷史性。這種歷史性不同於19世紀社會歷史批評對社會背景，時代特點及現實、真實的關注，而是在一種歷時性與共時性的交叉點上由閱讀展現的更豐富的歷史性。它包括本文與讀者相互關係的歷時性方面與同一時期的文學參照構架的共時性方面，二者相輔相成、相互影響，又相互構成。閱讀中對於歷史上同一作家、同一作品的理解、判斷和評價，不同時代的讀者的看法當然不盡相同，有時甚至存在很大差異。造成這種差異的原因，一方面是讀者期待視野的變化；另一方面是由於作品本身在效果歷史的背景上會呈現豐富的「語義潛能」。一部作品的意義潛能不會也不可能為某一時代讀者或某一個別讀者所窮盡，只有在不斷延伸的接受之鏈中，才能逐漸由讀者展開。而作品的歷史意義也就在這一過程中得到確定。任何一個接受者都不可能具有一個外在於歷史的立足點，似乎能超越前人及歷史上閱讀中的一切「錯誤」，以逃脫效果史中歷史意識自身的制約作用。歷史上的獨創性作品在其產生之初只是開闢了觀察事物，形成新的審美經驗的嶄新方法，但它是歷史距離上的新經驗。隨著歷史的推移，歷代讀者的看法累積下來，進入讀者視野，構成傳統。這樣，歷史與現實、傳統與當代之間就必然發生「視野融合」。這就是解釋學的效果史原則，也是我們所講的閱讀的歷史性的核心所在。

更為重要的是閱讀進入本體，使文學的審美本質獲得最終實現。文學的閱讀是審美層面，離開了審美的閱讀，文學就失去了它之為文學的核心元素，離開了審美的閱讀，就失去了實現其他功能的基礎層面。

只有經過審美的閱讀，文本中的全部藝術形式、結構、技巧、隱喻、象徵、意蘊等才有可能被激活，獲得生動的現實形態；才能在讀者心理中喚起審美情感、審美想象、審美觀照，最終獲得審美的愉悅。

需要說明的是，所謂接受者或讀者進入文學本體，不是指接受者或讀者的全部社會生活進入文學。嚴格地說，讀者進入本體，是指作為閱讀主體的讀者進入文學本體，而不包括他們的其他社會角色。

2. 過程作為本質

文學的本質只能在包括閱讀在內的動態運作中展開、變化並彰現。在們我看來，文學作品的存在一般可分為物理的存在與語言的存在。物理的存在指它的外在物質形態，這是由紙張、印刷符號、封面、裝訂構成的被稱作為的物質實體。其語言的存在是指作品內在的語言形態。這一語言形態又包括作為作品文學的存在與作為意義的解釋的存在。文學的存在指由作者寫作固定下來的文本，而作為意義的解釋的存在則有待於讀者的建構，在一個動態的閱讀過程中獲得實現。

在我們看來，閱讀正是文學本質展開和實現的過程，本質即在過程中，過程彰現了自己。文學作為一種動態的藝術，只能通過閱讀獲得實現。

3. 演奏或遊戲：閱讀的創造本性

　　「文學是通過閱讀來演奏（play）文本的」，這是當代西方批評界諸多批評家、理論家一致贊同的一個著名比喻。Play在這裡有多重的意義，它既是文本的演奏，又是文本的遊戲。

　　閱讀被視作「演奏」，這不是對這一比喻的共同偏愛，而是對閱讀的再創造本質在認識上達成的共識。

　　首先，閱讀是遊戲。這是因為文本自身就是遊戲，是種意指遊戲，是能指的「撒播」和所指的「延擱」的遊戲。而閱讀中的讀者本人則在作一種雙重遊戲：一方面，他像玩一場遊戲那樣作文本遊戲，他遵守文本的遊戲規則，實踐著文本的再生產過程；另一方面，既然是遊戲，就不能是對原有條件（如寫在紙上的東西）的被動摹仿，這與本文的遊戲規則是相悖的。這就引起了它的第二重意義：閱讀是演奏。讀者閱讀文本，即是對文本這一總譜的演奏。在音樂史（這裡是指音樂實踐活動的歷史）上，曾一度出現了多不勝數的音樂實踐愛好者。於是在特定的階層中，演奏和欣賞構成了一種幾乎不可區別的活動。在這個階段之後，出現了兩種角色，一種是音樂的「解釋者」，他的演奏被公眾認為是完美地理解了作品，從而得承認和推崇；另一種角色是些愛聽音樂但不會演奏的音樂愛好者。音樂發展到今天，出現了一種新的實踐活動，它要求那個具有演奏權的「解釋者」在某種意義上成為一份總譜的共同作者，要他完成這一總譜，而不僅僅是「解釋」它。這種新的音樂實際上已經瓦解了解釋者的角色，把他變成了作曲者的一部分。巴爾特認為，文本就是一份廣義的現代音樂總譜，它要求讀者進行聯合創作式的演奏（遊戲）。Play這個詞所具有的雙重意義（能指再生產和聯合創作式的演奏），使文

本的閱讀剔除了作品閱讀的那種消費性，從而使閱讀成為一種創作實踐，一種生產過程，一種活動。

　　這就顯示了閱讀的創造與作者的創造之間的區別。閱讀的創造只能在文本給定的條件下自由展現，只能在文本的導引下馳騁想像；但同樣，讀者也有更大的選擇的餘地，他可以選擇那些最能實現他對象化的自由創造的文本對象。因而這種被動見於主動的特質，就只能是文本與讀者相互溶浸、相互作用、相互制約又相輔相成的視野融合。（以上詳見《文學解釋學》，頁146～165。）

二、文本的基本結構——不確定性與空白

　　先哲有云：「書不盡言，言不盡意」、「只可意會，不可言傳」，即是指所謂文本的意義不確定性與空白。

　　伊瑟爾認為，文學作品的文本所使用的語言是一種「具有審美價值的表現性語言」，它包含了許多「不確定性」與「空白」。認為這種不確定性與空白在文學作品的文本中的存在是不可避免的，並非作品的失誤，而是文學文本的基本性質所決定的。它們在接受過程中有著不可低估的重要性，是溝通創作意識與接受意識的途徑，是前者向後者轉換的「橋梁」和「中間站」。不確定性和空白構成了文學文本的基本結構，這就是文本的所謂「召喚結構」。

　　文學作品的文本由於不確定性和空白的存在而產生一種「動力性」，吸引讀者參與到文本所敘述的事件中去，並為他們提供理解和闡釋的自由。在閱讀活動中，讀者必須賦予作品文本中的不確定性以確定的含義，填補文本中的空白，恢復被省略的

邏輯聯繫，才能對文本所敘述的事件和環境、人物形象等，獲得清晰、完整的印象並將之描繪得更加細緻、生動。在此過程中，讀者由於無法把作品所表現的世界與現實世界以及自身的經驗完全對應起來，便不得不進一步作出反應，並主動地對二者進行反思。這時，文本才會產生各種不同的意義。伊瑟爾認為：不確定性與空白提供了將文本與自身經驗以及世界觀念聯系起來的可能性，它們能夠使文本適應完全不同的讀者傾向。文學作品的特點恰恰在於，它具有某種獨特的平衡作用，始終在現實世界、讀者的經驗世界和作品虛構的世界之間來回擺動。因此，每一次閱讀者都是使文本的形象附著在產生於閱讀過程中的意義之上的活動。

在閱讀過程中，當讀者下意識或無意識地填補文本中的不確定性與空白時，往往會面臨各種可能性，而他必須在諸多可能性中作出選擇。因此，閱讀活動實質上是在不確定性與空白提供的可能填補方式中進行連續不斷的選擇的過程。作為「動力結構」，不確定性和空白調動了讀者的形象思維能力，動員了他的想像。閱讀時，讀者意識中會呈現出畫面，這種畫面是流動的，具有一定的連續性並體現出因果關係。

當然，伊瑟爾也指出：不確定性與空白並不是文本中不存在的、可以由讀者根據個人需要任意填補的東西，而是文本的內在結構中通過某些描寫方式省略掉的東西。它們雖然要由讀者運用自己的經驗和想像去填補，但填補的方式必須為文本自身的規定性所制約。在接受過程中，文本意向的規定性與它所包含的不確定性和空白之間有種相互調節、相互補充的辯証關係，前者約束著讀者能動的想像力，使其不至於脫離文本的意向，而後者則激

發著這種想像，使其得到充分發揮。只有當讀者依照文本意向的指示充分展開想像，文本的潛在質量才能被發掘出來，它的意向也才能實現並被不同的讀者以不同方式「華彩化」。因此，從這種意義上說，填補不確定性與前白的過程是一種「再創造」過程。

　　伊瑟爾確信，在提供足夠的理解信息的前提下，一部文學作品的文本所包含的不確定性和空白愈多，讀者便愈是能夠深入地參與作品潛在意向的實現和意義的構成。倘若一部作品文本中的不確定性和空白太少，它就會面臨使讀者厭煩的危險。在閱讀中讀者將由於越來越多的確定性而被剝奪想像的自由，這無疑會使他們喪失閱讀的興趣。這樣的作品決不能吸引讀者，不能稱為好的藝術作品，甚至不能稱之為藝術作品。因此，文學作品文本中的不確定性和空白是產生作用的基本條件。看一部作品不應當僅看它說出了什麼，而首先要看它沒有說出什麼。正是在一部作品意味深長的沉默中，在它的不確定性與空白中，蘊含著它的意義與審美潛能。作者切不可把作品的意向過於明確地表達出來，而應當在文本中為讀者留下思考的餘地和想像的空間，只有這樣，閱讀活動才會成為真正的享受。

　　在這裡，伊瑟爾提出了一種新的衡量文學作品藝術質量的尺度。他要求作家藝術家充分估計接受者的理解和審美能力，在作品中為他們提供盡可能多的思維和想像的空間，吸引他們參與作品的藝術創造。其實，接受者愈是深入地介入作品，發揮他們的能動性和創造性，作品的創作意圖就愈是能在閱讀過程中得到貫徹，作品對讀者產生的影響、獲得的社會效果和審美效果便是強烈。（以上詳見《二十世紀西方文論研究》頁325～328。）

三、潛在的讀者

　　姚斯認為，文學的本質特徵是作者、作品與讀者之間的「對話關係」，這種關係是文學賴以生存的基礎，是文學的「人際交流性質」所決定的。早在作家進行創作構思時，接受活動便已開始，這時，作者必須為作品預先設計一種「接受的理想模式」。無論作者是否意識到或承認與否，這種「接受的準備過程」或「潛在階段」是客觀存在的。

　　伊瑟爾發展了姚斯的這一論點，並進一步提出了「潛在的讀者」的理論。在文學作品的寫作過程中，作者頭腦裡始終有一個，潛在的讀者；寫作過程便是向這個潛在的讀者敘述故事並與其對話的過程。因此，讀者的作用已經蘊含在文本的結構之中。在此後出版的《潛在的讀者》書中，他又解釋道：「潛在的讀者是指文本中預先被設計和規定的閱讀的能動性，而不是可能存在的讀者類型。」很明顯，這裡說的讀者並不是某一個具體的、現實的讀者，而是「為了作品的理解和審美現實化所必須的讀者」，亦即為讀者所設計的作用。

　　伊瑟爾認為：「潛在的讀者的概念是一種文本結構，它期待著一位接受者的出現，而不對他作必要的限定：這一概念預構了每一位接受者所要承當的角色。由此可見，「潛在的讀者」的概念是一種「超驗範圍式」，一種現象學的讀者。在他看來，每一位作者在寫作一部作品時，都會在文本的結構中設計接受者的作用，只不過不同的作者在不同的作品中為他們設計的作用大小和作用方式不同而已。讀者作用的大小和方式取決於作品的意向深度和文本的確定性程度。一部作品愈是深刻，其意圖愈是隱蔽，

文本的不確定程度愈高，該作品意向的實現和意義的形成便愈是
需要讀者能動的參與；反之，如果一部作品的意向比較淺顯，其
文本的確定性程度較高，那麼它的作者在文本的結構中為讀者設
計的能動作用便較小，讀者在文本現實化和意義形成的過程中扮
演的角色便比較被動。因此，作為一個概念的潛在的讀者，牢牢
地植根於文本的結構之中。它是一個思維的產物，決不與任何實
際的讀者等同。

當然，文本中設計的讀者角色，即潛在讀者的作用，只有在
具體的讀者對文本的閱讀過程中才能實現。（以上詳見《二十世
紀西方文論研究》，頁330～333。）

四、文學作品結構的召喚性

不確定性和空白構成了文學文本的基本結構，這就是文本的
所謂「召喚結構」。

在西方接受美學中，唯有伊瑟爾首先提出和重視了文學本文
的「召喚結構」，並進行了多方面的論述。作品意義的「不確定
性」、「空白」、「空缺」、「否定性」等有關「召喚性」的重
要概念都是他在吸收英伽登觀點基礎上首先提出，並結合文學作
品進行了具體分析。

那麼，文學的召喚性的具體涵義是什麼呢？按照伊瑟爾的觀
點，文學作品中存在著意義空白和不確定性，各語義單位之間存
在著連接的「空缺」，以及對讀者習慣視界的否定會引起心理上
的「空白」，所有這些組成文學作品的否定性結構，成為激發、
誘導讀者進行創造性填補和想像性連接的基本驅動力，這就是文
學作品召喚性的含義。由於文學作品中存在許多不確定的因素與

空白，讀者在閱讀時如不用想像將這些不確定因素確定化，將這些空白填補滿，他的閱讀活動就進行不下去，他就無法完成對作品的審美欣賞與「消費」。缺乏（空白、不確定）就是需要，就會誘發、激起創造的欲望，就會成為讀者再創造的內在動力。所以，不確定性與空白便是文學作品具有召喚性的原因。

我們說，文學作品的召喚性具體體現在文學作品從語言學到心理學的各個結構層次上，最終體現在這些層次結合成的整體結構上。只是在這個意義上，我們才說文學作品具有「召喚結構」。下面就讓我們逐層剖視文學作品的召喚性。

先看語音語調語形層。就漢字而言，即指形、音、義而言。任何民族的語音都有同音字、詞、漢語不僅有同音字，還有平上去入的聲調；任何民族的語言又都有語調，同樣的字詞、短語、句子用不同語調讀出來就會有不同的意義。在文學中，雖經精心選擇語詞與組合，但同音異字詞的情況仍經常發生，這就會造成語詞、句等基本語義單位意義的不確定。

在第二層即語義這構層中，文學作品意義的不確定與空白表現得比任何其他語言本文更突出。

首先，文學作品的語言的意義只有在特定的語境中才能建立起來；這一特點來自日常語言。文學語言自然不同於日常語言，它是日常語言的提煉、加工；但與科學語言相比，它又保留了與日常語言的更多、更密切的聯繫。因為文學以語言形式保持它虛構的世界取感覺經驗形態，即日常生活形態，所以，文學語言更多地保留了日常語言的特點。語詞（語句、語段）意義隨使用即語境而變動的這種意義不確定性，乃是日常語言的固有特點。科學語言則使用單一化、規範化、模式化的語言，因而盡可能多地

排除了語詞意義的不確定性，使科學文本的意義建構顯得比較容易；科學文本缺乏召喚性的原因蓋出於此。

文學文本不但保留了日常語言在多種生活類型中使用意義多變、不確定這一特點，而且還進一步強化了這種特點。文學文本的創新性，往往要打破語言的日常用法，即打破日常生活類型的語詞用法，而採取令人突兀醒目的超常乃至反常用法，從而賦予語詞以新的獨特的意義。如杜甫所說，「為人性僻耽佳句，語不驚人死不休」。

文學語言的超常性與反常性，實質上是能指與所指、語符與意義在具體使用中的分離與偏轉。讀者的閱讀習慣中往往保留著語詞的最常態意義（即能指與所指的相對穩定的對應指示關係），所以一旦在日常語言中使用的語境變化（次常態），這種最常態意義已被沖破，能指與所指的對應關係就已經破裂或偏轉；倘若進入非常態的文學使用中，這種破裂與偏轉就越發加劇。文學作品在意義建構層中經常處於這種語言使用的非常態之中，所以意義的不確定性以及由此形成的意義空白就是勢在必然的。一般說來，文學作品機是追求這種不確定性與空白效果，我們權且稱之為語言的「偏離效應」。如詩歌散文追求含蓄，反對直陳。

第三層修辭格層的種種修辭手段，就其本質而言也是語符與意義的分離、偏移，比喻、興、象徵、誇大、通感等都是不同形式的語言偏離效應。這些手段是人類在長期生活和文學實踐中創造並積澱下來的。其共同特徵是放棄直接指示而設立中介，離開正常意義而轉指他義，或將正常意義無限放大或縮小而變成超常意義，從而造成作品意義的不確定性和增加意義空白，增強作品

的召喚性。

　　第四層意象意境層是不確定性與空白最多之處，也是召喚性體現得最集中的層次。為什麼呢？首先，這一層是從語言學轉向心理學層次。文學作品並不直接提供意象意境，它提供給讀者的只是前三個語言學層次構成的文本。這種文本只能提示讀者建構意象意境的線索和輪廓。讀者唯有借助形象思維方能把文本的語符所包含的三層語言學結構轉化為意象意境。由於文學語言意義的不確定性與空白是三個語言學結構層的內在特性，所以形象思維在完成從語言向意象意境的轉化時，這種不確定性與空白同樣保存和轉移到意象意境層了。所以，文學作品的意象意境層的不確定性與空白來自語義層，是作品的語言學結構預先決定了的。

　　其次，意象意境層是心理活動的產物。作者把心理體驗通過形象思維轉化為語詞符號，讀者則把作者筆下的語符經過逆向的形象思維再轉化為意象意境。這種心理活動雖有理性指導或意識參與，但實際是在感覺經驗和潛意識層發生的。由於讀者在建立意象意境過程中是以自己的原先感覺經驗為基礎的，所以意象意境的產生絕不會人人相同，而必定是人人殊異。所謂「一千個觀眾心中有一千個哈姆雷特」的說法就表明了這種情況。這是文學作品意象意境層之所以不確定和充滿空白的另一重要原因。

　　概而言之，文學作品的意象意境是由作者轉化為語言，又由讀者予以重建再創的，其空白與不確定就存在於這整個創建與再創建的過程中，其召喚性因而也就內在地鑲嵌在作品的這一層次上了。審美意象意境層的召喚性集中體現了文學作品呼籲讀者、訴諸讀者的特徵。

　　召喚性同樣體現在作品最深層的思想感情層。在文學作品

中，思想感情是隱匿在最深層的，是讀者時時可以感受到而永遠
看不見摸不著的。它是借助於文學語言，通過建立朦朧而豐富的
審美意象意境來得以顯露的。因此，作品的思想感情層是最不確
定最多空白的。

　　由是觀之，文學作品的五個基本結構層次（三個語言學層
次，兩個心理學層次）每一層都充滿不確定性與空白，其中有的
源於語言的本性，有的根於文學獨有的特性，有的起於心理活動
的作用，有的關涉各層間的聯繫。但無論哪一層，這種不確定性
與空白都是作品與主體（創作主體與鑒賞主體）之間的某種關係
與效應。依據前面的分析，均可概括為「偏離效應」（或語言或
心理）。這是文學作品結構所特具的效應，它產生種種不確定性
與空白以召喚讀者參與創造。這就是文學作品的召喚結構。

　　文學的意義未定性與意義空白絕不是文學的一種無足輕重的
附屬現象，而是由文學的闡釋多樣性的客觀現實與文學作品自身
不對稱交流的實現方式決定的本體範疇。它是日常實踐語言向藝
術語言發展的歷史成果，是藝術話語的根本特徵之一。（以上詳
見《接受美學》，頁111～127。）

五、閱讀的「前結構」：審美經驗的期待視野

　　根據發生認識論原理，讀者進入閱讀時，主體心理上已有
一個既成的結構圖式，這種圖式，用海德格的話，叫做「前結
構」，用姚斯的術語，則叫「審美經驗的期待視界」。

　　什麼是「前結構」？在海德格看來，人的理解活動，是受制
於它的「前理解」的。所謂「前理解」，是指理解前已有、但參
與、制約著理解的一組結構因素，包括指示、預見、互通等，

這些因素合成為一個「als（作為）……」的結構，作為理解發生的前提與與預定指向。這個既成的心理圖式就是理解的「前結構」。「前結構」由「前有」、「前識」和「前設」三方面構成。「前有」指預先有的文化習慣，「前識」是預先有的概念系統，「前設」即預先作出的假設，這三者結合成為理解活動賴以發生的「前結構」。

姚斯把「前結構」概念發展成「審美經驗的期待視野」。前結構是指一般認識、理解活動而言的；文學閱讀主要是審美鑑賞，屬審美認識活動，所以就不是一般的「前結構」，而是審美心理的前結構，具體表現為審美經驗的期待視界。

姚斯的「審美經驗期待視野」，就文學閱讀而論，主要包含三個方面，（1）對文學作品某種類型和標準的熟識和掌握。如對小說或詩歌的特徵、尺度、標準等已有一種經驗性的把握，雖不一定講得出一整套理論，但遇到作品便能分辨出該作品屬於何種類型，是否符合該類型的基本要求等等，這樣一種內在尺度作為讀者閱讀作品的「前理解」而起作用。（2）對文學史上或當代一些作品的熟識，包括它們的內容與形式，主題與風格等等，這種熟識也作為閱讀經驗積累在讀者心中，形成他在閱讀新作品時，心理上與新作品的一種隱密關係，他會不知不覺帶著由過去作品所形成的閱讀眼光來看新作品。（3）讀者是在實踐和現實中活動、生活的，他即使沉入閱讀時也不可能全然拋棄對現實和實踐的心理體驗，這種體驗也會成為一種參照資訊而進入他的閱讀視野的。讀者有時就會把作品中的虛構世界與現實生活相比較，把文學語言同日常語言相對照。以上這三方面，是姚斯「審美經驗的期待視野」的主要內容，它們是讀者積累起來的，作為

文學閱讀的前理解和前結構而存在的文學經驗與生活經驗的總和。

因此，文學的審美經驗期待視野，作為閱讀的前結構，至少應當包括這樣幾個層次和要素：

首先，世界觀和人生觀。凡人皆有自己對世界人生的基本看法，雖然這種看法不一定以清晰的理性形態表現出來。但在每人的思維、行為、為人處事方式中時時可以透露出一定的世界觀和人生觀的支配來。

其次，一般文化視野。這包括一個讀者的文化水準、智力水準、知識面（如哲學、自然科學、社會科學、語言等知識）、實際生活經驗，以及接受傳統文化熏陶、影響的程度，和接受外來文化影響的狀況等等；這包括讀者對一定民族和地域的禮儀典章、風俗習慣的了解和接受情況。

再次，藝術文化素養。在讀者的審美經驗期待視野中，藝術文化素養比之一般文化視野更為重要。文學是藝術的一個門類，與其他個藝術門類有著諸種血緣親屬關係，文學從各門兄弟藝術中吸取營養增強了表現力，其他藝術也都得益於文學。所以，人們常說，一切藝術中都有文學，都有詩，而文學中也包含著一切藝術。

最後才是姚斯所說到的文學方面的知識、閱讀經驗、對文學歷史、文學類型、語言、主題、形式等方面的某種程度的熟悉和領悟等等「文學能力」。

在閱讀中，審美經驗的期待視野中有著兩種相反相成的類似於同化與順應的作用，那就是定向期待與創新期待。

先說定向期待，當一個讀者拿起一部文學作品開始閱讀時，

他是張開著他的全部審美經驗的期待視野來迎接作品的。他的世界觀、人生觀，他的一般文化視野與藝術文化素養，特別是他的文學能力，綜合組成了一張經緯交織的審美期待的綿密網絡。它像無數雙眼睛盯住作品的每一細節，每一文字，按經驗所提供的暗示去讀解作品、體味作品；同時又無情地將不符合經驗暗示的意象、意境、意義、意旨一概推拒、排斥在外，或通過那張期待的網絡「過濾」出去。這裡，讀者審美期待視野在心情上表示為一種預期，一種先有某個隱密答案而企圖從作品中得到證實的希望；在性質上是讀者全部生活、審美、文學經驗積累的組合，形成一種同化作品世界（作家創造的虛構的經驗世界）為自我世界的動力和需求；就是按其已有的思想、文化、知識、修養、能力、經驗、習慣等形成的閱讀模式，來認識、理解、闡釋作品所提供的信息或暗示的一種內在欲望；在功能上，則起著選擇、求同和定向的作用，為閱讀和接受規定基本的走向。在某種程度上，一個讀者的審美經驗的期待視野已預先決定了他的閱讀結果——審美認識和理解的方向，雖然這同時也取決於作品本身的性質、特點。這正是千百年來，對同一部文學作品，不同讀者會產生不同的審美認識和體會的主要原因。

　　再看創新期待。這是期待視野中與定向期待相反的、對立的方面。人對環境的主體性不僅表現在能動地改變外在環境以適應自己的需要，也表現在能動地調節自身以適應外界環境，缺少任何一方面，人都不能生存和發展。在認識論上，主體的能動性也不僅體現為以先在的心理圖式去同化客體，而且也表現為主動地調節、變更原有圖式以順應客體。閱讀也一樣，審美經驗的期待視野，作為閱讀的主體性，一方面以習慣方式規定著對作品閱讀

的審美選擇、定向和同化過程，而不是純然被動地接受作品的信息灌輸；另一方面則又不斷打破習慣方式，調整自身視野結構，以開放的姿態接受作品中與原有視野不一的、沒有的，甚至相反的東西。這便是一種創新期待的傾向。

創新期待的傾向，是人類更內在、更深層的自然傾向。也是人類求生存發展的更為基本的動力。總之，文學閱讀就是以讀者的審美經驗期待視野的「前結構」，通過定向期待與創新期待既對立又統一、既相反又相成的交替遷動；讀者在日積月累地擴大文學閱讀範圍的同時，也不斷改變、更新、擴大著自己的期待視野，形成和積累著新的審美經驗；這樣一種視野的同化與順化、求同與求異，實質上又是讀者主體的對象化與作品客體的主體化的交替過程。（以上詳見《接受美學》，頁132～147。）

六、閱讀策略

閱讀需要先備經驗與閱讀基模。

根據認知心理學家內塞爾（Ulric Neisser）的說法：「閱讀，還有傾聽、感覺、注視，都是經過一段時間而熟練的活動。它們都有賴一種稱作基模（schemata）的先備結構來指引感官活動，並在進行此活動時，隨時調整。」

我們發展基模，然後將它們運用在我們的新經驗上，因此我們是透過學習的期待去感知。誠如內塞爾所言：「由於基模是一種預期，因此它們也是一種媒介；過往透過基模而影響未來；已獲得的資訊會決定下一次要選取什麼。」

由於我們對於任何文本的理解，都有賴於我們所運用到的基模，因此閱讀是一種互動的過程。文本當中的文字就像食譜上的

指示，要等到有人應用資訊的基模以及先前學到的技巧，將該文字納入經驗，才算完整。故事或詩也要等到讀者讓它們存在，才會存在。

先前對文學或電視沒任何經驗的小朋友初次聽到〈灰姑娘〉這類故事時，一定會覺得很奇怪，甚至可能很困惑。理解故事需要一種專屬於文學的詮釋體系：神仙教母和魔法杖只出現在文學世界中。孩子若沒聽過被虐待的小女孩神奇變成公主的故事，則初接觸〈灰姑娘〉故事時，就無基模可茲運用，也就不得不把這些看成奇怪，甚至無法理解的東西。

不過之後孩子若再聽到〈白雪公主〉的故事，就可以有所連結，了解這故事說的也是一位被虐待的小女孩神奇變成公主的故事，並開始對這種故事發展出一種基模；而等到了孩子初次聽到〈睡美人〉故事時，基模可能已牢牢深植於心中，所以孩子可就這個新故事與老故事的相似與相異處來理解。誠如孩子所想像且普遍的經驗顯示的，我們由先前的文學經驗所發展出來的基模，對我們回應文學文本有相當深遠的影響。這個基模同時控制了我們對文本所能理解的，及我們從所理解的當中有了何種明瞭或運用。

其實，「六何」雖無高論，亦不失為有效的閱讀策略之一。「六何」緣自於新聞寫作：「何時？何地？何人？何事？為何？如何？」，也就是英文所說的「六w」：「when？where？who？what？why？how？」。

以下介紹者是屬於接受美學的閱讀策略：

1. 文本當中的空隙（Gaps）

書寫文本能傳達的，就像食譜一樣，實際上絕大部分都不在書頁上。書頁上所呈現的訊息是少量的，但它能喚起讀者知道該書面文本可能產生意義的方法。我們因為了解到書頁上的表面訊息量是最少的，了解到它會留下空隙，而且我們對於情境的了解——我們的閱讀策略和訊息的詮釋體系——又可以告訴我們如何填補那些空隙，所以我們才認為去理解這最少量的訊息是合理的。

會閱讀的人都知道如何填補空隙；而大多數的時候，我們多多少少都是以無意識的方式進行。例如當我們看到視覺符號「a」和「x」，不需要太多有意識的思考，就可以了解如何將它們轉換成文字符號「ax」一字，而了解了該字所代表的物體為何之後，我們就願意去填補空隙。空隙可以是讀者藉由先備的詮釋體系所提供的知識來理解文本的任何一個層面。

如果我們在填補空隙時夠專業，便可將少量的資訊變成相當驚人的豐富經驗。

敏銳的讀者除了填補與場景及情境相關的空隙之外，還會使用其他策略。其中一種就是假設：因為此處是小說的開頭，此處發生的事對接下來要發生的事將會很重要。（以上詳見《閱讀兒童文學的樂趣》，頁63～67。）

2. 互文性（Intertextuality）

讀者通常都假定每個有意義的故事或詩歌都是個別且獨特的，都來自個人獨具的創造力，或為某種超越人類知識的外力所激發——也許就是所謂的「繆司」；每部有趣的文學文本當然都

表現出作家獨特的想像力，但別忘了作者也具有詮釋體系，也知讀者一樣由對先前所讀文本的了解著手。

神祕小說如此，悲劇故事、動物會說話的小說，以及所有的文學文本也都是如此。任何一個既定文本總有許多別的文本在後頭支撐，並有許多共同特點。除明顯的暗示之外，還包括想法、意象，及基本的故事模式；到頭來所有的文本——也就是人類實際透過言說、報紙、信札、電視與廣播，及書本來溝通經驗的文字——彼此都互有關聯，就像從其他定義與解釋的文字當中來看字典中的字，就能說得非常清楚。

因此每本書都表現了文學批評家所謂的互文性：人類語言、語言模式、意象及意義間的相互關聯性。當我們強調文本的互文性時，其實也就是強調文本要靠讀者了解該文本與其他書寫之間的關聯性。（以上詳見《閱讀兒童文學的樂趣》，頁171。）

3. 填補空隙：建立一致性的策略

有六種方法是能力好的讀者在閱讀文學文本時，習慣由他們所匯集的訊息中去建立一致性的方法：具象化（concretization）、角色（character）、情節（plot）、主題（theme）、結構（structure）、以及透角（focalization）。雖然有時這六種法被認為是文學文本的要素，但它們實際上是能力好的讀者所具備回應文本之策略的詮釋體系的重要元素：這六種方法顯然只衝著已經學會去尋找它們的讀者來。我們對於這每一種策略的個別和整體的理解，能夠讓我們發現所閱讀的文本當中，那些有趣和有意義的型態。（同上，頁67～81）

陸、結語

個人認為閱讀的本質是一種互動，一種休閒和遊戲，更是一種終生的本能行為或習慣。

而所謂的兒童閱讀，並非運動所能促成。對兒童而言，閱讀是本能，是遊戲，只要可以舞動、品嚐、觸摸、傾聽、觀察，並且感覺周遭的各種訊息，孩子們幾乎沒有任何學不會的事情。因此，兒童的閱讀，其關鍵是在於有協助能力的大人。我們知道，每次閱讀時，總是遵循著一定的循環歷程。

其間的每一個環節都牽動著另一個結果，而這並不是由甲到丁這樣的直接關係，而是一個週而復始的循環；所以開始正是結果，而結果又是另一個開始。艾登‧錢伯斯於《打造兒童閱讀環境》中，將其「閱讀循環」圖列如下：

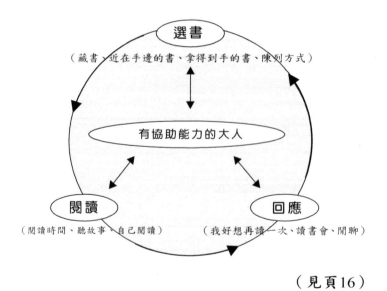

（見頁16）

　　申言之，兒童閱讀對父母與教師而言，個人看法如下：

一、三項基本認識

　　1. 重視閱讀指導。自85學年度第一學期（85年8月）起實施的國民小學課程標準中，已有「課外閱讀」。是以加強閱讀指導乃是必然，亦是必須。

　　2. 從兒童文學作品切入。我們沒有辦法強迫兒童閱讀他不喜歡的書。只有「樂趣」的兒童文學作品，才容易激發兒童禁不住要閱讀的動機。

　　3. 親子共讀。不只是單篇短文的共讀，更要邁向長篇且長時間的共讀。

二、執行原則

　　在於「以身作則」與「認清對象」。只要師長能有閱讀習慣，並能提供閱讀環境，自然會有喜歡閱讀的兒童。同時，更當認清兒童閱讀的需求；我們要明白成人感受的閱讀樂趣，在性質上是跟兒童有所區別。

　　我們相信孩子是上天賜給父母的恩寵，以孩子的心，以孩子的情，以寬廣的愛去教育孩子，就是回饋上天禮物的最好表現。

　　父母、教師如果懂得經驗自己和經驗環境，是啟發孩子良好性格的動力。

　　其實，經營之原則和方法，是建立在愛、尊重與肯定；更簡單的是老生常談的「以身作則」。

　　是以所謂的兒童閱讀，即是在於閱讀環境的營造。在營造中以身作則，在營造中重視主體性與自主性。於是，所謂的兒童閱讀自能有文化傳承的共同記憶。

參考書目

1.《二十世紀西方論研究》 郭宏安、章國鋒、王逢振著 北京市 中國社會科學出版社 1997.6

2.《中國古典詩歌接受史研究》 陳文忠著 合肥市 安徽大學出版社 1998.8

3.《文學文本解讀》 王耀輝著 武昌 華中師範大學出版社 1999.7

4.《文學理論》 主編劉安海、孫文憲 武昌 華中師範大學出版社 1999.8

5.《文學理論導讀》 Terry Eagleton著 吳新發譯 臺北市 書林出版有限公司 1993.4

6.《文學新思維》（下卷） 主編朱棟霖 南京市 江蘇教育出版社 1996.3

7.《文學解釋學》 金元浦著 長春市 東北師範大學出版社 1997.5

8.《文學解讀學導論》 曹明海著 北京市 人民文學出版社 1997.7

9.《文學讀解與美的再創造》 龍協濤著 臺北市 時報文化出版企業有限公司 1993.8

10.《幼兒文學——在文學中成長》 Walter Sawyer，Dian E· Cower 著墨高君譯 臺北市 揚智文化事業服份有限公司 1998.8

11.《打造兒童閱讀環》　艾登‧錢伯斯著　許慧貞譯　臺北市　天
　　衛文化圖書有限公司　2001.1

12.《臺灣地區兒童閱讀興趣調查研究》　林文寶主持　行政院文
　　化建設委員會　2000.2

13.《兒童文學故事體寫作論》　林文寶著　臺北市　財團法人毛毛
　　蟲兒童哲學基金會　1994.1臺北三版一刷

14.《孩子一生的閱讀計畫》　臺北市　天衛文化圖書有限公司製
　　作出版　1993.11

15.《書‧兒童‧成人》　保羅‧亞哲爾著　傳林統譯　臺北市　富
　　春文化事業股份有限公司　1998.5一版二刷

16.《接受美學》　朱立元著　上海市　上海人民出版社　1989.8

17.《接受美學與中國現代文學》　王衛平著　長春市　吉林教育出
　　版社　1994.3

18.《接受美學與接受理論》　姚斯、霍拉勃著　周寧、金元浦
　　譯　瀋陽市　遼寧人民出版社　1987.9

19.《說來聽聽──兒童閱讀與討論》　艾登‧錢伯欺著　蔡宜容
　　譯臺北市　天衛文化圖書有限公司　2001.2

20.《審美經驗與文學解釋學》　姚斯著　顧建光、顧靜寧、張樂
　　天譯　上海市　上海譯文出版社　1997.11

21.《談閱讀》　Ken Goodman著洪月女譯　臺北市　心理出版有限
　　公司　1998.11

22.《閱讀兒童文學的樂趣》　Perry Uodelman著　劉鳳芯譯　臺北
　　市　天衛文化圖書有限公司　2000.1

23.《閱讀的十個幸福》　丹尼爾‧貝納著（Daniel Pennac）　里
　　維譯　臺北市　英屬維京群島商高寶國際有限公司臺灣分公

司　2001.3

24.《歡欣歲月》　李利安・H・史密斯著　傅林統編譯　臺北市　富
春文化事業股份有限公司　1999.11

　　（本文2002年5月刊登於《兒童文學學刊》第七期，頁1～
60，臺東市，國立臺東師範學院。）

兒童文學・發展・教育與閱讀

壹、前言

　　個人自1971年以來即廁身師範院校，從事與語文相關的教育與研究。其間，除參與師專、師院語文課程規劃外，亦曾負責語教系，並籌設兒童文學研究所。同時，亦參與各種與語文相關研究，尤其是參與臺灣省國民學校教師研習會國語科實驗課本的編寫，教育部國小國語教課書的審查，以及「好書大家讀」等性質的評審，於是乎對國小教科書與課外讀物能有更寬廣的認識。

　　在臺灣，我曾承辦過兩三場有關兒童文學與語文教育的研討會。但由於我較為熟悉的是大陸與臺灣地區，香港則是我近年來關注的新對象。因此我的論述範圍主要是以大陸、臺灣為主。而論題則是兒童文學的發展與教育及閱讀為主。

貳、兒童文學的緣起

　　我們相信兒童文學的產生是肇始於教育兒童的需要。當然，或許我們不能說自有兒童教育之始，便有兒童文學產生；但也不能說兒童文學作品的客觀存在是在教育之後。因為以現存的歷史資料來看，兒童文學作品幾乎是跟遠古的民間口頭文學同時產生，但那只是兒童文學的最原始型態，可以說並未完全具備兒童文學的特點與作品的雛型。　因此，我們可以說，隨著社會的發展，兒童教育觀念的改變，兒童文學的編寫態度，往往也隨著改

變，只有社會精神文明發展到一定階段，兒童教育需要兒童文學來做為教育兒童的工具時，兒童文學才應運而生，並從文學中分化出來，成為一門獨立的學科。

在人類文化沒有達到產生「學校教育」的階段之前，教育是早已存在的了。不過它的方式和後來的有些不同。在那個時期理，知識教育的傳授只留給特殊階級的小孩；社交禮儀教育的對象亦只限於貴族階級；但是品行、道德教育的對象卻是所有的小孩。而施教者是社會全體，特別是其中一部分富於經驗的長老，他們所教育的信條和教本，就是那些風俗習慣和民間文學。民間文學在人類的初期或對現在未開發地區和文化國度裡的不文民眾而言，可以說是他們立身處世及一切行為的經典準則。一則神話可以堅固團體的向心力；一首歌謠能喚起大部分人的美感，一句諺語能阻止許多成員的犯罪行為。在文化未開或半開的民眾中，民間文學所盡的社會教育功能是令人驚奇的。

總之，我國在傳統的社會裡，不至於沒有兒童文學。不過由於兒童教育觀念的不同，在傳統的時代理，都是以成人為中心，對於兒童，只要求他們學習成人的模式，以為將來生活的準備。這種現象在國外亦是如此。以西方而言，直到十八世紀以後，兒童文學的創作才開始以兒童的興趣與教育並重，英人紐伯瑞（John Newbery, 1713-1767）是第一個在他為兒童出版的書頁中，寫上「娛樂」字眼的人。從此，成人承認孩子應享有童年，並在文學上表現他們那個階段的特質和趣味；進而探討那個階段的生活和思想型態。而我國，在新文化運動之前，各種書籍都是用文言文撰寫，是屬於雅的教育，也就是所謂士大夫的教育。這種知識份子的士大夫階層所用的傳播媒體（語言、文字）有異於

大眾，可是他們卻是主導者。他們認為書籍是載道的，立意須正大，遣詞應典雅，必如此才能供人誦讀而傳之久遠。對於兒童所用之教材，由於「蒙以養正」的觀念，都是以修身、識字為主，而百姓送子弟入學，目的亦僅是在認識少許文字，能記帳目、閱讀文告而已。兒童教育的目標既是如此，所以教材便以選擇生活所必須的文字為主，如姓名、物件、用品、氣候等，均為日常生活所不可少者，於是就有所謂「三、百、千」等兒童讀物出現，而所謂的兒童故事，亦僅能附存其間而已。考各國兒童文學的源頭有三 ：

　　1.口傳文學；
　　2.古代典籍；
　　3.歷代啟蒙教材。

　　就我國兒童文學的發展軌跡而言，第二和第三個源頭，由於教育觀念的不同，以及「雅」教育的獨尊，再加上舊社會解組時期的揚棄，致使在發展的承襲上隱而不顯。

　　至於口傳文學的源頭，事實上，傳統的中國由於教育不普及，過去百分之八、九十以上的中國人，都生活在民間的文化傳統中，他們的教育來自民俗曲藝、戲劇唱本等；他們也許不會讀《三國志》，但他們對《三國演義》卻耳熟能詳。

　　我國新時代的兒童文學的發軔，從近代的文獻資料中，我們可以了解，中國近代許多著名的啟蒙思想家都曾留心於兒童文學，且新時代兒童文學的發展亦與通俗文學、國語息息相關。所謂「兒童文學」（新時代）的出現，即是傳統啟蒙教育的解組。

　　「兒童文學」一詞，就文法結構而言，是屬於組合關係的

「詞組」，也稱「附加關係」或「主從關係」。其間「文學」是詞組中的主體詞，稱為「端詞」，兒童是附加上去的，稱之為「加詞」。它最簡單而又明確的解釋是：兒童的文學。

　　兒童文學在性質和知識分類結構上都從屬於文學。文學是藝術的一種，而「美」是藝術的本質，因此兒童文學的本質也是美。引申的說兒童文學之所以能自立門戶，是因為它有特定的服務對象。一般說來，是以三歲至十五歲（或為十八歲）為讀者對象的文學 。這是它的特點與特殊性之關鍵所在。我們可以說：「文學」是兒童文學的探討的主題；兒童是它的方向，它的屬性狀態。它的目的是給兒童提供美的感受，促進兒童的身心發展，幫助兒童達成社會化。（見《兒童文學見思集》，頁6）

　　又兒童文學最大的特殊性在於：它的生產者（創作、出版、批評）是具有主控權的成年人；而消費者（購書、閱讀、接受）則是被照顧的兒童。因此，從某種意義上來說，一部兒童文學發展史，就是成人「兒童觀」的演變史。兒童文學的發現來自兒童的發展，兒童的發現直接與人的發現緊密相連，而人類對自身的發現，則是一段漫長的探索歷程。

參、兒童文學的發展與教育

　　兒童文學原是肇始於教育的需要。而中國新時代兒童文學的出現，又是始於傳統啟蒙教育的解組。因此，我們可以說「兒童文學」一詞，隨著新文學運動在中國出現。它的出現，緣於教育觀念的改變，以及通俗文學的振興。而教育觀念的改變，通俗文

學的振興，則是緣於傳統中國（第一波）與西方文化思想（第二波）接觸而起。它的起點是在於中英鴉片戰爭（1838～1842），其次，則是源自於光緒二十年（1894）甲午戰爭之慘敗，構成廣泛覺醒之重大關鍵，形成種種思想變化。這些歷史事實，實為衝激思想演變之原始動力。近代文學之巨變，其創意啟念，亦當自此為起始。思想動力總綱，原為力求救已圖存，在此動力推挽之下，於是展開種種思潮之激盪，演為種種之改革論說，文學之工具功用，遂亦成為思考目標之一。

　　其後大陸地區有了童心論之爭，並於1966年展開為期十年（1976）的文化大革命。文革是一個重要而獨特的轉捩點。劉青峰於《文化大革命：史實與研究》的〈編者前言〉有云：

> 在一百五十年來中國思想從傳統走向現代的歷程中，文革是一個重要而獨特的轉折點。在此之前，雖然各代中國人的思想呈現不同面貌，但有一條將其貫穿起來的主線，這就是對抗現代烏托邦社會。這種追求既是社會性的也是文化性和道德性的。它一方面代表中國人拋棄儒家傳統之後追求和締造新的人生意義和終極關懷，另一方面又要體現當代中國人對世界和歷史的新解釋。
>
> 在本世紀上半葉，這種追求所釋放的巨大社會動員力量，被譽為東方睡獅之驚醒。但隨之而來的社會政治運動日益激進左傾，到文化革命時期達到頂峰。文革宣告了中國人對現在烏托邦追求的破產。它猶如驚天巨雷，擊中並摧毀了一百多年來中國人所辛苦建立起來的新嚮往。其震撼力之巨大，終於導致了中國百年來主流思潮的大轉向。

從文革中期開始，中國人心靈之迷惘、懷疑和困惑，是西
方人所難想像的。我們甚至可以講，文革所引發的深刻反
省才是中國人心靈真正走向開放和現代性的起點。（頁
viii~iv）

　　文革延遲中國的現代化，中國的現代化是始自中英的鴉片戰
爭（1838-1842），而實際的第一個運動，是曾國藩、李鴻章以
及張之洞等人所領導的同光的洋務運動，而後有康有為、梁啟超
等人的戊戌維新運動、孫中山的辛亥革命、以及陳獨秀、胡適等
人的新文化運動。

　　現代化運動是根源於科學與技術，同時它是全球化的歷史。
金耀基於〈現代化與中國現代歷史〉一文中，將「共產黨之社
會與文化大革命」稱之為是中國現代化的第五個運動，他認為
中國共產黨自獲政權之後，即以馬克斯、列寧主義為最高原則，
以獨裁的手法，通過黨及群眾組織，而剷除中國之社會結構，將
一切皆予政治化、意理化，並以共產黨理論或毛澤東思想代替儒
家文化，以「目的取向」的共產組織代替中國原來「價值取向」
的社會組織，中共在廣大鄉村推行之土改、集體化及公社化運動
皆翻天覆地之變，其最徹底處是一方面把政治「中心」與政治的
「邊陲」打通，使原先分散的社區歸納到一個政治系統中，一方
面把原來鬆弛的「部分」與「全體」之關係扣緊。其反傳統表現
最徹底的便是1966年的文化大革命所揭櫫的「破四舊」。它不只
否定中國之固有傳統，且反對百年來漸在中國生根之西方文化價
值（已成為中國傳統之一部分）。所以我們可以說共產黨之社會
與文化大革命是對「認同」的否定，而一味強化深化「變革」。

（詳見《金耀基社會文選》，頁14）

　　而實際上所謂大陸地區的現代化，也因此中斷了幾十年，直到文革結束的七十年代末，共產黨全力轉向以實現社會主義現代化為中心內容的新的發展軌道之後，現代化才重新成為熱門話題。

　　文革後，大陸地區的兒童文學，稱之為新時期兒童文學。新時期的兒童文學，就理論的發展而言，經歷了初期的撥亂反正階段和後期的理論調整與重建階段。

　　1978年10月由中共國家出版局、教育部、文化部、共青團中央、全國婦聯、全國文聯、全國科協在江西廬山聯合召開「全國少年兒童讀物出版工作座談會」，是兒童文學出現轉捩點的一個契機與標示。

　　新時期兒童文學理論的建設，重要的成果始於1991年5月由陳深主編的《兒童文學新論叢書》11種（湖北少年兒童出版社），其後有1994年10月，由甘肅少年兒童出版的《中國當代中青少年學者兒童文學論叢》6種，1995年8月江蘇少年兒童出版的《中華當代兒童文學理論》5種，1997年11月少年兒童出版社的《跨世紀兒童文學論》6種，一般說來，新時期的論述，雖稱除舊與創新並進，卻又陷入於本質論紛爭的泥淖裡，至朱自強（《中國兒童文學與現代化進程》2000，12），始從現代化觀點論述之，並認定新世紀的兒童文學說是：

　　　「兒童文學是文學」：向文學性回歸。

　　　「兒童的文學」：向兒童性回歸。（詳見頁347～413）

　　兒童文學回歸文學性與兒童性，真是曲折的過程。臺灣地區的兒童文學，則是承繼周作人、胡適等人的兒童本位觀，其間雖無波濤洶湧，卻一直平順的與教育攜手並進。其實，兒童文學觀的演進，亦自有其理序可言，傅林統於〈兒童文學觀的演進〉一文中，認為其演進如下：

1. 為教育而寫的時代。

　　這個時代都認為兒童讀物應是一種教育的手段和工具。

　　十八世紀的歐洲兒童文學有個共同的觀點，就是視想像力為危險物，主張直接教訓兒童，使之成為成人心目中理想的孩子，根本談不上娛樂性和趣味性。

2. 為表現自我和娛樂而寫的時代。

　　兒童文學觀的改變是漸進的，就在主張教訓為重的時代。也出現了一些已表現自我為中心的作品，如卡洛爾的《愛麗思夢遊奇境記》，以及史蒂文生的《金銀島》，還有馬克吐溫的《湯姆歷險記》和《頑童歷險記》等是其中著名的作品。

　　這些作品的特徵都是為了表現自我而寫的，如卡洛爾處的是專制的維多利亞時代，那時的大學教授在思想上有受壓制的痛苦，因此卡洛爾就只好在幻想的世界，使自己的思想能伸張能舒暢，雖然說表面上是說給一個女孩子聽的，但骨子裡是在發抒自己的心聲。

　　還有史蒂文生終生為病弱所苦，他的雄心也因此受了限制，可是他卻向卡洛爾那樣，在想像的世界中找滿足自己的願望，於是他在小說中航行海洋，跟海盜搏鬥，使內心的缺陷獲得了彌

補。這完全是為了自我的解脫而改寫的啊！

3. 現代的兒童文學觀。

大家從過去長久以來的嘗試錯誤中，冷靜的加以思考，認為今後應該走的途徑是：

（1）要確實的站在兒童的立場創作，不能把成人的思想和信條硬塞給兒童。

（2）兒童文學的內容的和使用的語言必須是兒童所能了解，所能欣賞的。

（3）內容和表現的技巧，要能持續的使讀者感到濃厚的興趣。

（4）要配合兒童身心的發展的階段。

（5）作家不但要有文學修養，同時也應童心未泯，而能表現使兒童共鳴的思想和心情。（詳見《兒童文學的思想與技巧》，頁39～48）

我們可以發現許多兒童文學作品，是屬於兒童和成人所共有共享的，可見兒童文學和成人文學是不易截然劃分的，它祇不過是整個文學當中的一部分罷了。一般文學的作者決不會硬性的把自己的思想和信條塞給讀者，他總是小心翼翼的引誘，並維繫讀者的興趣。因此兒童文學的作者，也應該一樣的任憑兒童去選擇作品，當然寫作時如何使兒童理解，並發生興趣等問題，就必須認真的去費心思了。

總之，現代的兒童文學，即是以「兒童中心」的教育主張，這種主張就是尊重兒童的獨立與自由。在這種新觀念的主導下，「注重啟發性」，「屏除教訓」及「兒童本位」便成為二十世紀

兒童教育思想的主流。而對兒童文學的論述，則是在於「存在先於本質」，亦即以「兒童文學是什麼？」而不論「什麼是兒童文學？」，而其主要論述的話語則不離重塑童年與遊戲。

肆、後現代的兒童文學

　　歐洲各國在十六世紀以前，根本就沒有「童年」這個觀點。尼爾‧波斯曼（Neil Postman）認為「童年」是社會的人造產品，不是生物學的分類。他說：

> 十七世紀發明了童年；到十八世紀，童年開始成為我們今天所熟悉的形式；到二十世紀，童年開始解體；到二十一世紀，童年可能就盪然無存了，除非有人認真努力的保留童年。（見《通往未來的過去》，頁129）

　　童年之所以會消失，尼爾‧波斯曼認為是電視資訊使然，他說：

> 總而言之，電視以兩種方式，抹去童年與成年間的分界線。這兩種方式是；要了解電視的表達方式，不需要指導；電視對於觀眾，沒有區隔。因此，電視將同樣的資訊，同時傳遞給每一個人，不分年齡、性別、教育程度，也不分是雇主還是奴隸。（同上，頁212）

　　雖然電視將傳統的童年觀念，變得無形無影，但是如果說電視將我們浸淫在一個成人世界中，並不準確。更確切的來說，電視是以成人世界的材料為基礎，呈現出一種全新的人。我們可以將這種全新的人稱之為成人孩童。一部分是因為電視的符號形式易於理解，一部分是因為電視的商業色彩濃厚，我們可以將許多電視鼓吹的令人嚮往的態度，與幼稚聯想在一起。例如對於立即滿足有過度的需求，對於後果欠缺考慮，對於消費幾乎是來者不拒，電視偏好的人口是由三個年齡族群所組成，這三個年齡族群的一端是嬰孩組，另一端是老人組，介於兩端中間的，是混齡組，混齡組的每一個人心理上都是在二十到三十歲之間，而且一直維持在這個心理年齡，直到突然衰退到老糊塗。（同上，頁213）

　　簡而言之，我們的文化給予童年存在的理由與機會，愈來愈少。

　　當然，尼爾·波斯曼的預言並未實現，童年似乎更受到珍視。可是，我們也了解，時代與社會確實在改變，繼電視之後，因電腦的出現和發展，使人類累積，應用知識的方式，又有了革命性的改變，形成了一種累積、轉化、複製知識的全新模式。這種全新的思考模式，再度影響、改變了社會的整體結構，突破了許多工業社會的思考瓶頸及障礙，在傳播、生化、工業……各個領域內，又有了全新的探索及突破。有人稱之為第二次的工業革命。這個再度革命性形變的社會，大家冠之以各種不同的稱呼，如：資訊社會、消費社會、媒體社會、五光十色展覽的社會、後期工業社會、有計畫性衰竭的官僚政治社會、遊戲化社會，而一般統稱為後現代。

　　後現代是集權力遊戲於一體的「無厘頭」現象，且「政治正確」之觀念，又無所不披靡。

　　隨著電子資訊的到來，彷彿就在一夕之間，網際網路（Internet）、全球資訊網（W.W.W）、資訊高速公路（Information　Highway）、虛擬實境（V.R）、網際空間（Cyberspace）……等名詞，如雨後春筍般出現。一種新的世界觀，也隨之默默形成，資訊社會的特色是累積及運用知識的方式電腦化，隨之來的現象有：強大的複製能力、迅速的傳播方式、商業消費導向、生產力大增、內容與形式分離……。

　　總之，這就是杜佛勒索所謂的《第三波》，也就是所謂的後現代的社會。隨後現代各種觀念的崛起，自然會波及兒童文學，於是所謂的後現代兒童文學，似乎亦應而產生。

　　後現代主義沖擊了以能指、所指二元對立為基本構成的傳統文學，相對的提高了讀者在文學活動中的地位。後現代主義是以消解認識論和本體論，即消解認識的明晰性，意義的清晰性，價值本體的終極性、真理的永恆性。這一反文化、反美學、反文學的「遊戲」態度為其認識論和本位論的。它終止了一切詩意喚神的本性，放逐了一切具有深度的確定性，走向了精神的荒漠和不確定性的平面性。後現代主義這一反認識論，反本體論的立場，是基於反中心性、反元話語、反二元論、反體系性的思維向度的。（見王岳川《後現代主義文化研究，頁12》）

　　持平而論，後現代的許多狀況或許都可以說是某種病態文化。後現代帶給人們最大的困惑，莫過於價值體系的大變動。有關後現代思想的主張，蔡源煌於〈後現代的困惑〉一文中，歸納為反統合、反目的論、反烏托邦等三方面（詳見《當代理論與實

踐》頁119-128）。這些主張雖然無法使建立在工具理論思維的價值論體系立即改變，但這些主張或許能為我們的哲學思想揭開一線曙光，讓生活在當代的人類撇下舊有的思維和它所留下的盲點，打開天窗另覓觀察人生和宇宙的蹊徑。而培利・諾德曼（Perry Nodleman）的《閱讀兒童文學的樂趣》，即是從後現代的思維來論述兒童文學，他認為「研究文學就是發現問題，提出問題，在找出個人可以接受答案的過程中，發覺各種不同答案的意涵。研究文學時也必須包容他人的意見，考慮不同的答案對不同人的意義，以期豐富我們的思考。」（頁20）

　　總之，從後現代的思維中，我們重現人性的尊嚴，並見人的主體性與自主性。就兒童文學而言，但問存在的事實，不問本質何在？湯銳於《現代兒童文學本體論》之〈緒論〉，即標題為〈兒童文學究竟是什麼？〉兒童文學究竟是什麼？這是大陸新時期以來兒童文學理論紛爭的焦點。據說這個紛爭的議題，涉及兒童文學的本質，美學特性、創作與接受、讀者範圍創新與發展等等，幾乎每一要害環節都發生了疑問。（頁7）於是，她終於不由得一再自問。在她看來，這是一個比任何有關兒童文學創作的技巧更重要的根本問題。兒童文學究竟是什麼？於是乎，她有了連串質疑的天問。她質疑：

　　　兒童文學在本質上是否就是教育兒童的文學？
　　　兒童文學諸種流派，其意義何在？
　　　兒童文學的特殊性，是兒童心理的特徵？還是兒童的原始思維？
　　　兒童文學是寫深點好？還是寫淺點好？

　　兒童文學的主體性何在？

　　創作主題與接受主體的兩種審美意識要如何協調統一？

　　兒童文學的淵源何在？

　　兒童文學是否具有當代性、實驗性和探索性？

　　兒童文學的讀者專利權何在？（同上，詳見頁1～7）

　　其實，這些論述都是事實的存在，從後現代的觀點視之正是
「眾聲喧嘩，多元共生。」

　　朱自強在《中國兒童文學與現代化進程》的結語中，認為新
世紀（二十一世紀）的兒童文學觀是：解放兒童的文學與教育成
人的文學 （詳見頁414～429）。或許這就是所謂的後現代兒童
文學。

伍、兒童文學的閱讀

　　文學滿足是許多人需要，也傳遞許多價值，而這些內容可能
是無法直接區辨出來的，它只有在流轉與過程之中獲得。而這種
獲得則在於閱讀者的主體性、自主性、與自由性。這就是所謂的
「讀者中心論」，它突出了文學活動中接受主體這個最活躍的因
素，把讀者視為文學進程的基本環節和重要動力。文學作品的不
朽意義，正是在於它的文本是建立在多重意義基礎之上的。換言
之，它不是把一種意義強加給不同的讀者，而是向不同讀者和不
同的時代顯示了不同的意義。優秀的作品不在於已經給讀者講了
些什麼？而是在於給於讀者誘導些什麼？文學作品只有通過讀者

閱讀才能獲得藝術生命，實現審美價值和社會意義。

　　從讀者的主體性、自主性與自由性言，我們無法強迫兒童閱讀他們不喜歡的書。兒童們總是以高明的技巧，頑強的守護著自己選擇讀物的自由，或許兒童們並不清楚自己為什麼喜愛這本書，而排斥那本書，因為兒童們的判斷力是不好分析的。不過很明白的可以解釋那個根基——樂趣。對於沒有樂趣的閱讀，縱使讀了，心理還是很不情願的。引申的說這種閱讀的樂趣，即是在加入與他人的溝通的行動；回應故事或圖畫就是和表達不同人格或經驗情趣的文本交流；而和他人談論我們體驗過的文本，則是不同心靈的交流，我們靠閱讀文學來體驗自己之前不知或不熟悉的想法及經驗，我們談論文學以進入他人的對談，因為好的詩歌、故事和圖像，總是能夠給人新的體會，無論我們聽到關於他們的新想法，分享它們新的經驗或拿有新體驗的文本與它們比較，文學的樂趣就是對話之樂趣——讀者與文本之間的對談，讀者與其他讀者對於那些文本的對談。

　　從多元價值的觀念，與人人自我實現的方式有別的觀點言之，文學因多元共生與眾聲喧嘩，是以不封閉於本質，所以有相似性的家族，這正是莊子於〈知北遊〉中所說：

　　　東郭子問於莊子曰：「所謂道，惡乎在？」

　　　莊子曰：「無所不在。」

　　　東郭子曰：「期而後可。」

　　　莊子曰：「在螻蟻。」

　　　曰：「何其下邪？」

　　　曰：「在稊稗。」

曰：「何其愈下邪？」

曰：「在瓦甎。」

曰：「何在愈甚邪？」

曰：「在尿溺。」

　　道是無所不在的存在。相應之道則在於自然與無為中的行動。就兒童文學而言，亦當作如此觀。期望大人回復到存在的文學本身及兒童的主體性。大人以傳遞者的角色忠實傳遞文學內容，不必做太多的延伸，把文學的想像空間交給兒童。如此，佛經《六度集經》〈瞎子摸象〉的故事就不再是無知與笑譚：

　　臣奉王令，引彼瞽人，將之象所，牽手示之。中有持象足者，持尾者，持尾本者，持腹者，持脅者，持背者，持耳者，持頭者，持牙者，持鼻者。瞽人于象所爭之紛紛，各謂己真彼非，使者牽還，將詣王所。

　　王問之曰：「女曹見象乎？」

　　對曰：「我曹俱見。」

　　王曰：「象何類乎？」

　　持足者對言：「明王，象如漆筒。」

　　持尾者言：「如掃帚。」

　　持尾本者言：「如杖。」

　　持腹者言：「如鼓。」

　　持脅者言：「如壁。」

　　持背者言：「如高机。」

　　持耳者言：「如簸箕。」

持頭者言：「如魁。」

持牙者言：「如角。」

持鼻者對言：「明王，象如大索。」

復於王前共訟曰：「大王，象真如我言。」

其實，所謂的閱讀，猶如瞎子摸象，亦即是各說各話與猜測文學遊戲。由於眾聲喧嘩，所以共生互利。

閱讀，可以是一種行動、一種挑逗、一種互動、一種休閒和遊戲。寫給兒童看的書，亦是為了他們的注意力和好奇心。我們相信：只要可以舞動、品嘗、觸摸、傾聽、觀察，並且感覺周遭的各種訊息，兒童沒有任何學不會的事情。一切的關鍵就在於存在與行動之中。

兒童是獨立的個體，是具有主體性與自主性。它具有無限的天賦潛能，這種無限的天賦潛能是根植兒童期的兩個基本特徵：未定化與開放性，是以可塑性無窮。我們知道兒童期是人生的基礎階段；而兒童的發展是來自於成熟與學習的建構。因此，我們相信兒童的閱讀正如「瞎子摸象」，他們是在主體性與自主性與自由性中建構出屬於自己的閱讀樂趣。

陸、結語

個人認為閱讀的本質是一種互動，一種休閒和遊戲，更是一種終生的本能行為或習慣。

而所謂的兒童閱讀，並非運動所能促成。對兒童而言，閱讀

更是本能與遊戲，孩子們幾乎沒有任何學不會的事情。因此，兒童的閱讀，其關鍵在是在於有協助能力的大人。

而大人的協助即是在於「以身作則」與「認清對象」。只要師長能有閱讀習慣。並能提供閱讀環境。同時，又能認清兒童閱讀的需求；我們要明白成人感受的閱讀樂趣，在性質上是跟兒童有所區別的。

我們相信孩子是上天賜給父母的恩寵，以孩子的心，以孩子的情，以寬廣的愛去教育孩子，就是回饋上天禮物的最好表現。

父母、教師理當理解經驗自己和經驗環境，才是啟發孩子良好性格的動力。

其實，經營之原則和方法，是建立在愛、尊重與肯定；更簡單的是老生常談的「以身作則」。

是以所謂的兒童閱讀，即是在於閱讀環境的營造。在營造中以身作則，在營造中重視主體性和與自主性。於是，所謂的兒童閱讀自能有文化傳承的共同記憶。

參考書目

壹：

《中國兒童文學與現代化進程》　朱自強著　杭州　浙江少年兒童
　　出版社　2000.12

《文化大革命：史實與研究》　劉青峰編　香港　中文大學出版
　　社　1996

《文學社會引論》　阿爾方斯‧西爾伯曼著　魏育青　于汛譯　合肥
　　市　安徽文藝出版社　1988.1

《文學理論導讀》　泰瑞‧伊果頓著　吳新發譯　臺北市　書林出版
　　有限公司　1993.4

《文學讀解與美的再創造》　龍協濤著　臺北市　時報文化出版企
　　業有限公司　1993.8

《世界兒童文學史概述》　韋葦編著　杭州市　浙江少年兒童出版
　　社　1986.8

《後現代主義與文化理論》　杰姆遜演講　唐小兵譯　北京市　北京
　　大學出版社　1997.1

《後現代文化》　彼得‧科斯洛夫斯基著　毛怡紅譯　北京市　中央
　　編譯出版社　1999.1

《後現代精神》　大衛‧雷‧格里芬編　王成兵譯　北京市　中央編
　　譯出版社　1998.1

《西方兒童文學史》　韋葦著　武漢湖北少年兒童出版社　1994.5

《西洋兒童文學史》　葉詠琍著　臺北市　東大圖書有限公
　　司　1982.12

《兒童文學》　林文寶等著　臺北市　五南圖書出版有限公
　　司　1996.9

《兒童文學見思集》　洪文瓊著　臺北市　傳文文化事業有限公
　　司　1994.6

《兒童文學的思想與技巧》　傅林統著　新店市　富春文化事業股
　　份有限公司　1994.7

《兒童文學的教育價值與論綱》　馬力等著　瀋陽市　遼寧少年兒
　　童出版社　2001.1

《兒童文學故事體寫作論》　林文寶著　臺北市　財團法人毛毛蟲
　　兒童哲學基金會　1994.1　臺北三版一刷

《兒童讀物導讀方法與策略教學研究》　洪文珍、洪文瓊合著　臺
　　東市　東師語教系　1996.6

《後現代主義文化研究》　王岳川著　臺北市　淑馨出版社　1993.2

《書‧兒童‧成人》　保羅‧亞哲爾著　傅林統譯　臺北市　富
　　春文化事業股份有限公司　1998.5　一版二刷

《現代化新論》　羅榮渠著　北京市　北京大學出版社
　　1993.10

《童年的消逝》　尼爾‧波茲曼著　蕭昭君譯　臺北市　遠流出版事
　　業股份有限公司　1994.11

《超越后現代主義》　王寧著　北京市　人文文學出版社　2002.1

《意識形態》　大衛‧麥克里蘭著　施忠連譯　臺北市　桂冠圖書股
　　份有限公司　1991.5

《遊戲化社會》　高田公理著　李永清譯　臺北市　遠流出版事業股

份有限公司 1990.5

《說來聽聽──兒童閱讀與討論》 艾登・錢伯斯著 蔡宜容
譯 臺北市 天衛文化圖書有限公司 2001.2

《談閱讀》 肯尼士・古德曼著 洪月女譯 臺北市 心理出版社有
限公司 1998.11

《論後現代藝術的「不確定性」》 高宣揚著 臺北市 唐山出版
社 1996.10

《閱讀兒童文學的樂趣》 培利・諾德曼著 劉鳳芯譯 臺北市 天
衛文化圖書有限公司 2000.1

《歡欣歲月》 李利安・H・史密斯著 傅林統編譯 永和市 富春
文化事業股份有限公司 1999.11

貳：

一、兒童文學新論叢書　陳紳主編　湖北少年兒童出版社

《中國兒童文學理論批評與構想》 斑馬著 1990.2

《兒童小說敘事式論》 梅子涵著 1993.11

《兒童文學的沈美指》 王泉根著 1991.5

《兒童文學接受之維》 方衛平著 1995.5

《異彩紛呈的多元格局》 彭斯遠著 1993.3

《童話藝術空間論》 孫建江著 1990.2

**二、中華當代兒童文學理論叢書　責任編輯劉建屏　江蘇少年兒
童出版社**

《二十世紀中國兒童文學導論》 孫建江著 1995.2

《中國兒童文學理論批評史》 方衛平著 1993.8

《中國童話史》　金燕玉著　1992.7

《外國童話史》　韋葦著　1991.12

《現代兒童文學本體論》　湯銳著　1995.8

三、中國當代中青年學者兒童文學論叢　責任編輯張春波

甘肅少年兒童出版社　1994.10

《人學尺度和美學判斷》　王泉根著

《文化的啟蒙與傳承》　孫建江著

《代際衝突與文化選擇》　吳其南著

《流浪與夢尋》　方衛平著

《酒神的困惑》　湯銳著

《遊戲精神與文化基因》　斑馬著

四、跨世紀兒童文學論叢　責任編輯郭景鋒　少年兒童出版社

1997.11

《人之初文學解析》　黃雲生著

《西方現代幻想文學論》　彭懿著

《兒童文學的三大母題》　劉緒源著

《兒童文學的本質》　朱自強著

《智慧的覺醒》　竺洪波著

《轉形期少兒文學思潮史》　吳其南著

參：

〈中國少兒文學也在走向後現代主義？〉　吳其南著　見1994年6

月《浙江師範大學報》社會科學版第19卷6期（總期數，第70期），頁60～65。

〈兒童〉　尼爾・波斯曼著　吳韻儀譯　見2000年5月臺灣商務印書館股份有限公司《通往未來的過去》，頁129～149。

〈兒童文學是什麼？〉　林文寶著　見1999年5月嘉義師院語文教育系出版《忘了時間的鐘——第六屆師院生兒童文學創作獎作品集》，頁299～312 。

〈兒童文學與現代社會〉　林文寶著　見1998年5月臺南師院語文教育系出版　《兄妹情深第五屆師院生兒童文學創作獎作品集》，頁355～362。

〈兒童・文學與閱讀〉　林文寶著　見2002年5月臺東師院兒童文學研究所《兒童文學學刊》第七期，頁1～59。

〈後現代的困惑〉　蔡源煌　見1991年11月雅典出版社《當代理論與實踐》，頁119～128。

〈現代化與中國現代歷史〉　金耀基著　見1985年3月——幼獅文化事業公司《金耀基社會文選》，頁3～35。

〈童年的起源及其消逝的原因〉　尼爾・波斯曼著　吳韻儀譯　見2000年5月臺灣商務印書館股份有限公司《通往未來的過去》，頁205～213。

（本文2004年6月刊登於《語文改革與兒童文學研究—兒童文學與語文教育研討會論文集》，頁21～37，香港教育學院。）

在兒童文學中成長

壹、童年的意義

　　童年是一種社會性建構的概念，在當前關於童年的歷史與社會學討論中已經相當普遍；這種觀念甚至愈來愈被一些心理學家接納。在這兒，這個觀念的核心前提是：「兒童」並不是一個純粹由生物學所決定的自然或普遍的範疇。它也不是具有某種固定意義的事物，讓人們可以借助其名義輕而易舉地提出各種訴求。相反，童年的概念在歷史上、文化上，以及社會上都是不斷變化的。在不同的文化與不同的社會群體中，兒童曾被以不同的方式看待，也以不同的方式看待自己。進一步說，甚至這些定義也不是固定不變的。不管是在公開討論中（例如媒體中、學院裡、或是社會政策上），還是同輩與家庭成員之間的人際關係中，「童年」的意義遭受了一個持續的鬥爭與協商過程。

　　總的來說，「童年」這個範疇的定義與維持，完全決定於兩種主要話語的產製。首先，有一些關於兒童的話語，主要是為成人而生產出來的——它們不僅以學術或專業討論的形式再現出來，同時也出現在小說、電視節目，以及為社會大眾提供生活指南的文學作品中。事實上，關於童年「科學的」或「事實的」話語（例如心理學、生理學或醫學）通常與「文化的」、「虛構的」話語（諸如哲學、想像文學或繪畫）緊密相連；其次，有一些為兒童生產出來的話語，以兒童文學、電視節目和其他媒體等形式再現出來——這些話語儘管貼著兒童的標籤，卻很少是由兒童自己製作的。

　　因此，我們別具特色的關於童年的現代性定義，出現於１９世紀的後半葉，而這個時期的特徵便是上述這兩種話語的大量湧現。在這段時間內，兒童被逐漸而有系統地從成人的世界中分離出來，例如提高法定的結婚年齡、推行國民義務教育，以及試圖取締工廠使用童工等等。兒童慢慢地從工廠、街道等一些領域轉移出去，並進入學校；還有一系列的新的社會機構與部門，試圖監督兒童的福利是否符合廣大中產階級的家庭理想，從而確保「國家的健康」。

　　現代「童年」概念的首席設計師，當屬盧梭。

　　儘管自古以來就有兒童的教育問題，可是把兒童當做完整個體看待的觀念，卻直到二十世紀初期才逐漸形成。在此之前，兒童被視為「小大人」，他們沒有自己的天地，只是成人社會的附屬品。二十世紀以後，由於發展心理學蓬勃發展，以及教育理念的演進，各界對兒童的獨特性才加以肯定，認為從發展的觀點看，兒童不是小大人，而是有他們自己的權利、需要、興趣和能力的個人。聯合國於1959年通過「兒童權利宣言」，可說正是這種潮流的具體反應。

　　在一段很長的時間中，童年並沒有什麼特性。根據歷史學家的研究，歐洲各國在十六世紀以前，根本就沒有「童年」這個觀念，在那個時代，小孩子只是具體而微的成人，正因為「兒童」這觀念是逐漸產生的，所以對於兒童文學有意識的創作，在十六世紀以前也就成為不可能的事了。

貳、童年理論

一、學前教育的理論

1. 傳統

2. 近代

（夸米紐斯、洛克）盧梭、裴斯塔洛齊、福祿貝爾、蒙特梭利、皮亞傑、杜威。

3. 多元智能

嘉納（Howard Gardnes）1983年出版《智能結構》提出七種人類天賦。

4. 史代納（R. Steines）（華德福學校）、瑞吉歐、懷特海教育中心、馮德全早教方案、七田真

5. 本土論述

陳鶴琴、張雪門

二、學前教育理論的演進

美國傳統中有關童年有個相矛盾的比喻：

1. 一種把兒童看做成長的生物，有自身自然的發生發展。

2. 另一種把兒童看成是可塑造的材料，正等待著社會的打磨。

這兩個比喻也代表了過去和現在的兩種獨立的社會經濟、農業和工業。

在當代的美國，經常和兒童接觸的人，如教師、諮詢人員、

看護員傾向於採納成長中的生物這一個比喻。另一方面，政府官員（管理者、執法機構人員、青少年權威人士等等）則喜歡把兒童看成是一種可塑造的材料，等待著被強迫塑造成一定形狀。依他們的角度，學校是工廠而非農場。（《還孩子幸福童年》，頁29～31）

演進：

　　童年概念始於雅克·盧梭。他首次批判了僅僅從成人角度呈現那些只反映了成人價值觀和興趣的材料的教育方法。盧梭認為，向下一代傳遞文化——社會遺產是一件好事，但是學習過程必須考慮到兒童的理解力和發展階段。（《還孩子幸福童年》，頁4）

　　在工業化迅猛發展之時，認為童年是一個獨立生命階段的文化意識在19世紀來隨著兒童心理學作為一門科學學科的建立而得到極大的社會強化。

　　其中以皮亞傑最為傑出。

　　在19、20世紀之交，一般認為兒童實驗研究創立者的斯坦利·霍爾（G.. Stanley Hall）發起了命運多舛的「兒童研究運動」。於是有了阿諾德（Arnold Gesell）和路易斯·推孟（Lewis Terman）。

　　20世紀60年代強調早期學習的重要性。其源起是50年代對「循序漸進」教育的攻擊，再加上前蘇聯1957年發射人造衛星於是促成了60年代大規模的課程改革運動。80年代末期再度「準備就緒」的概念再度被揚棄。G.B.馬修斯（Gareth B. Matthews）在《童年哲學》一書中，認為童年這個概念，有歷史性、有文化

性，也有哲學性，於是乎變得棘手難以掌握。（頁12）也因此承認今天沒有任何人可以提供一套充足的童年理論，完全照顧到心理學家、人類學家、語言學家、教育學家各自所關注的兒童成長。我們目前所擁有的，只是若干不同的理論模型，這些模型只能引導我們在某些限制之下進行研究，以及幫助我們詮釋資料而已。（頁37）

參、童年的事實

對童年採質疑者，首推1982年尼爾・波茲曼（Neil Postman）的《童年的消逝》。波茲曼認為這是一個沒有兒童的時代，舉目所見皆是「成人化的兒童」，兒童正在消失。其後2000年，大衛・帕金翰（David Buckingham）有《童年之死》，他認為在電子媒體時代，成長的兒童，根本談不上童年。在二十世紀最後的幾年，「童年已然消逝」的斷言，是當時流行的一聲哀嘆。

隨著時代變遷，童年似乎真的已然消逝，所謂的童年就是忙碌。戴維・艾爾金德（David Elkind）在《還孩子幸福童年》一書中認為目前孩子的童年是忙碌的。這種忙碌的童年，其緣由有：

一、父母

於迅速變化的社會中，父母感受到無與倫比的壓力，父母開始變得自我中心，接著把這股壓力轉移至孩子的身上，導致揠苗

助長的情況，忘記孩子的天性和需要。

二、學校

學校教育有如工廠般，變得過於工業傾向，而忽視了工人（孩子），為了使生產更快、有效，讓孩子的各方面的分數更好，工人（孩子）的自尊、成就感和需要變得不再重要。這種情況，學生的品質只會愈來愈差，然後學校工廠只好更加變本加厲的壓迫孩子，把學校和教育者的壓力再次倒在孩子身上。

三、媒體

各式各樣的媒體開始充斥在孩子的生活當中，孩子可以從這些媒體載體中獲得立即的資訊和消息，這些訊息可能不適合孩子，但是孩子卻被這些華麗花俏的媒體深深吸引，不可自拔；同時在媒體的渲染下，也隱藏著同質化的危機。

四、幼教軟體、大腦研究和互聯網

幼教軟體

成人開始把新科技的產物使用到孩子身上，孩子也從操作這些軟體獲得智力的成熟，但是孩子並不只是高效的符號操作者，若是誤用，還可能給孩子造成傷害，例如造成孩子眼睛的傷害，或者是影響父母與孩子的親密互動關係。

大腦研究

神經科學家掌握了有關腦成長和腦功能的知識，而腦已經成為終極科學的權威。媒體常利用這些基礎的大腦研究轉換到兒童

教育上，提出建議，這是非常不負責任的，同時也引來家長的焦慮與錯誤訊息。

互連網

互連網給父母和教育者帶來了一個嚴重的兩難問題。一方面互連網是奇妙的教育和信息來源。然而也能讓年輕人接觸汙穢言語、色情文學以及各種行為偏差的內容。（詳見《還孩子幸福童年》，頁29～152）

肆、兒童與閱讀

一、閱讀的意義

閱讀是人類的一種需要，也是一種生活的方式，更是一種思考的過程。

閱讀本身包含兩個層面，即字詞認知和篇章閱讀。字詞認知是閱讀的基礎，我們可以將閱讀能力定義為對閱讀材料進行解碼和理解的能力。因此從實驗法研究者的觀點，認為閱讀能力可以從下列三方面來體現：

字詞認知

字詞認知又稱單詞閱讀、詞彙識別、詞彙辨識和詞彙加工，是指提取存儲在記憶中信息的過程，以視覺字詞認知為例，字詞認知也就是從單詞的印刷形式提取它的口語形式和涵意的過程。

1. 字詞認知的過程
2. 字詞認知的模型

句子理解

句子是表達完整思想、具有一定語法特徵的最基本的言語單位。句子理解則是一個心理過程，是指讀者接受由書面文字傳遞的信息，並且運用它們來建構一種解釋，即作者想要傳遞的東西。

1. 句子理解的過程
2. 句子理解的模型

篇章閱讀

在字詞認知和句子理解的基礎上，就可以對整個篇章進行解讀，這是閱讀的最終目的。下面對篇章閱讀的含意和基本成份進行介紹。

1. 篇章閱讀的含意
2. 篇章閱讀的成份（詳見《閱讀與兒童發展》，頁2-16。）

從兒童的角度來看，從「愛上閱讀」到「學會閱讀」到「閱讀中學習」，進而走向「自主閱讀」的過程，是一個不斷成長與發展的過程。

二、閱讀能力發展階段理論

本文擬以Chall的閱讀六階段理論說明之：

1. 前閱讀階段

　　6個月到6歲的兒童處於前閱讀階段。這一階段的兒童開始意識到詞語發展以及學會識別大多數字母。他們可以正確拿書，並一次性翻一頁。在這一階段，兒童的閱讀表現為假閱讀、通過圖畫複述故事、列舉字母、寫出自己的名字以及與鉛筆、書和紙玩耍等。

2. 初始閱讀和編碼階段

　　6歲到7歲的兒童，即一年級和二年級初的兒童。這個階段的兒童關注學習字母與發音之間的關係，並逐漸懂得英語拼寫的實質。他們完全依賴於所讀的印刷讀物，Chall認為，他們是「被黏在書頁上的」，所謂「黏在書頁上」是指兒童處於機械的模仿，沒有內化到頭腦中，因此處於初始閱讀階段。兒童於6歲左右開始入學，習得語言知識，因此這一階段的教學對兒童閱讀影響很大。

3.鞏固熟練階段

　　7歲到8歲兒童處於這一階段，即二年級和三年級的兒童。他們對於許多常見語詞的識別已經形成自動化，能愈來愈流利地閱讀。此時，兒童的詞語識別得到提高，而且可以利用語境等來調控自己的閱讀，兒童已經可以理解文章的意思。值得注意的是，這一階段的兒童開始在閱讀中選擇閱讀內容，而且傾向於選擇與自己知識一致的閱讀材料。

4. 為獲取新知而閱讀階段

9歲到13歲的兒童處於這一階段，即四年級到九年級的兒童。對於這一階段的兒童，閱讀成為獲取信息的一種手段。其特點是第一次獨立閱讀學習新思想、獲得新知識、體驗新的感受和態度；但是一般他們還只能從一個角度來看問題。這個階段的孩童透過大量的閱讀經驗發展閱讀。

5. 多視角階段

15歲到17歲，10到12年級。處在此階段的讀者能夠處理多視角的閱讀材料，對某一主題的已有知識和文章中遇到的新觀點進行綜合。所以，這個階段的讀者超越了上一個階段的不足，可以從不同的視角整合材料。

6. 建構和再建構階段

18歲以後，這階段的讀者已經可以通過分析、綜合和評價所讀文章來建構自己的知識和觀點，並通過知識的整合快速高效地創造新知識。（同上，詳見頁22～24）

三、兒童的工作記憶與閱讀

Baddeley和Hitch認為，工作記憶包括三種成分：中央執行系統（central executive）、語音環路（phonological loop）和視覺空間模版（visuo-spatial sketchpad）。中央執行系統是工作記憶模型的核心成分，負責策略的選擇、控制和協調多種不同的加工過程。它在監測語音環路和視覺空間模版的信息加工、分配注意資源、制定目標、調節和控制行為的執行方面發揮著關鍵作用。

語音環路主要負責對語音形式的信息進行操作和保持。它由兩部分構成：一部分是語音存貯（phonological store），它能在記憶痕跡消失之前保持這些信息幾秒鐘；另一部分是言語複述加工（articulatory rehearsal process），它的一個功能是通過默讀複述刷新語音庫中的記憶痕跡，使之保持下來，另外一個功能是通過默讀命名記憶視覺方式呈現的材料，以便將書面語言轉換為語音代碼存儲在語音庫中。視覺空間模版主要用來存儲視覺和（或）空間信息，負責產生、操作和保持視覺映像。

Baddeley和Hitch（1974）的工作記憶模型

（見《閱讀與兒童發展》，p28）

伍、童年與兒童文學

從「童年」這觀念的認清到兒童文學的受到重視，其間約有二百年的時間。大概在十八世紀末以後，小孩子才不再是大人的縮影。

兒童的特殊性受到承認，當首推十七世紀教育家夸米紐斯（Johann Amos Comenius, 1952-1670），他最主要的貢獻就是把孩子看成一個個體。而後有英人洛克（John Locke, 1632-1704）、盧梭（Jean Jacques Rousseau, 1972-1778）、裴斯塔洛齊（Johann Heinrich Pestalozzi, 1746-1827）、福祿貝爾（Friedrich

Wilhelm August Froebel, 1782-1852）、蒙特梭利（Dottoressa Maria Montessori, 1870-1952）、杜威（John Dewey, 1859-1952）、皮亞傑（Jean Piaget, 1896-1980）等人的努力，他們都將教育的重點建立在兒童身上，是「兒童中心」學說的反映。因此，我們可以說兒童的發現是一段漫長的探索歷程。

　　方衛平在〈童年：兒童文學理論的邏輯起點〉（見《流浪與夢尋》，頁44～55）中，認為「童年」這一概念，是我們所有關於兒童文學的理論思考的出發點。主要理由如下：

　　一、從兒童文學理論的系統化的方法（邏輯手段）來看，它運用的是歷史與邏輯一致的方法，而「兒童觀」（即童年觀）的變更是導致兒童文學走向自覺的最直接而重要的歷史契機，因而它也是兒童文學理論的運思契機。

　　二、從整個兒童文學活動系統看，它是成人作者與少年兒童讀者之間的藝術對話和交流；在這裡，成人與兒童、創作者與接受者之間的相遇、聯繫和融合，決定了這一活動與成人文學活動的根本差異。而導致這種差異根本原因，是因為兒童的參與，或者說，全部兒童文學活動系統內部的特殊性，首先都是由兒童讀者的特殊性決定的。

　　皮亞傑從兒童思維發展著手研究而又能上升到哲學認識論的高度，這在某種意義上也啟發我們，不應把童年看作是一種孤立、封閉的人生現象，而應該從更廣闊的背景和更深刻的意義上來認識和把握它。如此，則我們對童年的認識就有可能上升到一個新的理論層面。

　　一、首先，從生命傳遞和文化延續角度看童年的初始狀態，我們會發現，同年的初始狀態不是「白板」一塊，而是包含著豐

富歷史文化內容的生命現象。

　　二、從未來的發展的角度來考慮童年狀態，我們可以發現，童年狀態並非只具有單純的「現在時態」的意義，而是蘊含著無限的生長可能，並會對未來產生巨大的影響。

　　三、童年的意義還應該從第三個角度即從作為現實的社會存在實體的角度加以考察。在整個社會生活中，兒童雖然不是主體部分，但他們也並不是與社會絕緣的，兒童身上同樣載有豐富的社會學內容，而不同時代的兒童，也必然會以自己獨特的方式反映著乃至參與著一定的社會生活。

　　而斑馬在〈走出自我封閉的兒童文學觀念〉（見《中國兒童文學理論批評與構想》，頁5〜33）中，則從時間開放性，認為：

童年，向前延伸初一條未來發展線

　　生命的成長性，寄寓了無限的未來時光。尤其對兒童，未來同現在之間更有著深刻的關係。

童年，向後延伸出一條原始遺傳線

　　我們習慣於兒童是新生的觀念，而還比較陌生於兒童又是最古老的這一認識。

文化基因

　　如果說，重新來看待「兒童」，從更高的層次上來觀照童年，那就無疑使我們獲得了一種「發生學」的眼光。

　　迴響著的是來與去的時間之問。

兒童是「一」。

這是中國的一個很有意味的符號。它是簡單的,又是複雜的。它只是一個基數,又有著萬卦。它是質樸的,又可作無限延伸。

一生萬物。萬物歸一。

班馬認為它能以一種中國的方式表述出「兒童」的發生意味。

若作現代的功能的表述,我們則似有理由把兒童當作一種「文化基因」來看待,它既控制著未來生長的進程,又攜帶著歷史的密碼原本。

陸、在文學中成長——童年的學習與成長

所有自發性的學習動機,都有兩個共通性:

第一,它們就像太陽能一樣,能夠自我充電;

還有,它們是來自孩子的內心。

你可能不知道,「每一個」孩子天生都具有這種發自內心的學習動機,它就像顆種子,會讓孩子在學校期間,以及終其一生,都開出熱愛學習的花朵。

記不記得當寶寶不睡覺或不進食時,他有多忙碌?他會四處看,到處抓,把玩具一樣樣丟出小床——嬰兒從呱呱落地的那一刻起,就無時不刻不在動,他天生對所處的周遭環境,具有探索和實驗的本能。

　　你可以幫助孩子把書本的知識和現實生活做結合，藉此激發孩子對學習的渴望。孩子越看到書本和現實生活的關連，就越能瞭解上學是為了什麼，對學習也就越有興趣，也學得越快樂。

　　時下流行的「潛能開發」，簡單的說就是「連結能力」，就是「舉一反三」、「觸類旁通」的能力。「連結能力」如同一個國家的基礎建設：自來水管埋設好了，平坦的馬路開通了，電纜線牽好了，那麼水龍頭打開自然會有水，開關按下自然會有電，馬路上要騎自行車或開跑車也都沒問題。孩子的「連結能力」建立完善，學什麼都很快。具備「連結能力」的孩子敏銳而靈活，創造力豐富，學習效果好。「連結能力」的建立不必然只在課堂上，只要知道方法，生活就是最好的學習場域，父母就是最好的老師。

　　而「連結能力」最好的媒介，就是文學，就是閱讀，就是故事。

　　把文學當作教育計劃的一個整合的部分，而不單是只有說故事時，才會使用到的一種單一教材。這種做法得到了當今許多思潮、理論以及有關文化教養的發展研究之支持。

　　「文學在幼兒的發展中具有特殊的地位。」這只是就文學對幼兒的價值作一種輕描淡寫的說明罷了，事實上文學若以溫和的口吻和適當的語調朗讀出來，往往可以成為兒童藉以了解他們生活世界的一種工具和媒介。

　　雖然電視、無線電通訊以及電腦科技使訊息以日益增長的速度和前所未有的豐富化湧入我們今天的生活，然而人們並不能夠經常以某種有意義的方式處理這些訊息。對於成人來說，這是事實，對於兒童來說，則尤其如此。因此，當訊息量過於繁冗且速

度過快時，便會喪失完整的含義。細微的差別往往被忽視，微妙的幽默悄然溜去。訊息往往缺乏文學特有的氣質及情緒，使得感覺變得粗糙，甚至索然無味。

因此，自小鼓勵兒童們發展對閱讀和文學的興趣和態度是很重要的，因為那將伴隨他們終生。這樣的態度可幫助兒童成為有才能的學生和有思想的成年人；更重要的是，文學將豐富兒童的生活，並幫助他們尋找自身存在的意義。開始去理解在幼兒身上如何發展這些態度之前，最重要的是要對文學和閱讀的重要性有充分的認識。

文學滿足許多需要，也傳遞許多價值觀，而這些內容可能是無法直接區辨出來的，文學並不像電子遊戲或是電視節目那麼引人入勝，但它的確提供了某些與眾不同的東西。Walter Sawyer、Diana E. Comer合著的《幼兒文學：在文學中成長》（頁4～8）一書中，認為價值如下：

一、了解外在世界

透過書籍，兒童可以學習並了解他們周圍的世界。當書籍傳遞知識或詮釋世界各個不同層面及事物時，他們便對世界有了更深入的了解。透過這種形式，書籍還可以喚起兒童的好奇心。在閱讀了關於某些事物的書籍後，幼兒們會尋求對這些事物有更多的了解。他們可能再讀類似的書籍，他們可能重新創造出書中的情景。

二、建立積極態度

除了了解自身以外的世界，對兒童來說，建立對各種事物的

積極態度也是相當重要的。兒童們需要建立起積極的自我評價，把自己看成是有能力的人，能夠去關心別人並為人所愛。他們需要培養耐心和寬容之心，去面對那些與自己不同見解或與自己不同類的人。他們需要發展對學習和生活的好奇心，而書籍和文學那是滿足這種好奇的主要工具。

三、增進人際關係

一個好的故事，對兒童是具有多重功效的。給兒童讀一本書可以對兒童和共讀者產生多方面的效果。以這種關係產生的閱讀活動創造了一種重要的人際互動，使兒童與共讀者之間產生一種親密的互動，這在其他形式媒介的體驗中是很少有的。兒童從共讀者的肢體愛撫中感到溫暖和安全。共讀者可以位兒童提供安全感，並可探究隱含在兒童心靈深處真正的問題。至於書籍，既可以放下不讀，也可以重新閱讀。在任何時候都可以進行討論而不會妨礙對故事的整體感受和經驗。

所有父母和老師都希望他們的兒童學習閱讀、喜歡閱讀。然而，關於兒童究竟應當從什麼時候開始閱讀？則有一些爭論。應該培養學前兒童的閱讀能力嗎？應該將正式閱讀教育延遲到滿七歲後再開始嗎？應該把一年級的課程往下延伸到幼兒園裡嗎？應該讓那些還沒掌握幼兒園基本技能的兒童接受幼兒園和小學間的銜接教育，直到他們掌握這些技能嗎？

在過去的幾十年裡，湧現了大量關於兒童讀寫能力發展的研究。似乎可以這樣說，讀寫能力在文學環境中發展得最好。依專家的觀點，一種文學環境具有某些特質。這些特質就是促進兒童由自己的實踐中獲取意義之能力的經驗和材料。有學者曾研究早

期讀寫能力的課程，他們多年的研究鑑別出文學環境的三個重要概念：

- 支持學習者成功
- 注重語言學習
- 允許學習者探索語言

所有這些方面都值得加以考慮。

支持學習者成功：

這個概念是指兒童往往最擅長從第一手的直接經驗中學習。因此環境中應該充滿各式各樣的文字材料。講故事應該在教育中扮演重要的角色，並提供兒童閱讀、寫字、繪畫的機會。生態環境的空間中應安排各種不同的主題；諸如：家務管理、藝術、音樂、數學、文學等。最後這種課程應運用於團體活動中，既要在戶外參觀旅行中探索它，也要邀請外來訪問者介入。

注重語言學習：

作者假設：兒童在他們成長中的不同階段發展讀寫能力，因此必須讓他們在個人實際的程度上進行讀、寫活動。文學應被視為一種探索世界的工具，而不是教導閱讀技能的工具；閱讀和寫作應被視為表達觀念、澄清思想的工具。

允許學習者探索語言：

語言非常複雜的，需花畢生時間掌握它。能夠完全掌握語言並有效地運用它，則需要相當複雜的策略。透過大量的閱讀、寫作的機會及經驗，兒童在他們的閱讀和寫作嘗試中，變

得愈來愈能夠純熟的運用策略。透過父母、教師及其他人的榜樣，兒童們可以更容易地嘗試更複雜的語言技能。透過大人所提供的大量機會，例如，講故事、討論、個別表達等形式擴展他們的交流能力，兒童可以建立起一種作者的身分感（a sense of authorship）。作者身分感這一概念，是指自己獨特自我的一部分進入故事或相互溝通。兒童們可以透過傾聽、創造、解釋、情節重現、戲劇表演、故事討論等來開始。（同上，頁9～11）

對幼兒來說，閱讀文學，即是故事。

不論我們年輕或年少，故事將我們連結在一起，並且為我們的生活增添了意義。在不同的世代，故事已經是我們分享資訊和想法的一種方式。對我們來說，故事是一種情感的連結，以及去探索與表達希望與害怕的機會。故事有時是讓我們聆聽、看，以及閱讀的；有時是用說、唱、畫或寫出來的。特別是對小小孩來說，透過親密的身體接觸、互動與分享，是一個建立彼此關係的好機會。故事提供了一個跨越所以的領域，去獲得技巧與概念的機會，特別是讀寫能力必須具備的語言技巧，以及什麼是閱讀與書寫的概念。小小孩「需要」聽故事與說故事，故事建立了孩子的自我感覺、建構他們對周遭世界的了解，以及踏出邁向讀寫能力的第一步。

如同一般所定義的，「故事」是事件的重述，不論它是真實或想像的，也不論故事背景是在過去、現在或未來。一段日常的、與孩子每天進行的談話，其中或許也包含了一個故事。

一個較複雜的故事會有一個開場、中段與結尾；也會有角色、時間順序與背景。故事能被說會寫，聆聽或閱讀。故事能以不同的形式表現，像是散文、圖畫、韻文、吟誦或是歌曲。有

些故事是非正式而且是私人的，是孩子與成人在每天生活中所創作與分享的；其他的故事則是正式而且公開的，以書籍的形式出版，或是以其他的媒體形式呈現在廣大的觀眾眼前。

　　我們需要支持「故事是早期語言經驗」的廣義概念，這是孩子需要具有語言方面的技巧與了解，以比較普遍的方式成為故事參與者的前兆。嬰兒與學步兒所表現的例子包含了：製造、聆聽，以及回應聲音。此外，也參與在口語的經驗中，例如：談話以及臉部、大腿、膝上遊戲。

　　當故事從孩子出生，成為其生活中的一部分後，孩子就能從其重要的三方面獲益。這三種益處分別是故事「豐富了孩子的生活」、「強化了彼此的關係」以及「支持孩子啟蒙的讀寫能力」。

　　各類豐富的書籍能讓我們對於書的選擇充滿趣味與挑戰性。能幫助你開始或延伸有關嬰兒和學步兒的藏書。

　　書依小小孩的立場與製作方式來做區分。可分為硬頁書、大書、布書、塑膠書、立體書與新穎小巧的書。

　　最好的老師是最好的說故事者。

　　書，理當與嬰兒或學步兒早期生活所經歷的口頭故事經驗有關，包括談話、口述故事，以及語言遊戲（例如：兒歌與童謠）。很多人甚至驚訝地發現，這個年齡層的孩子竟然需要這些自然的語言經驗。他們或許會想，為什麼回應嬰兒所發出的咯咯聲，或者為學步兒換尿布時和其說話很重要？畢竟小小孩很少說話，即使他們說話，也無法了解成人所說的每件事。為什麼我們不將對孩子語言發展的注意力，延後到他們具備「真實的」說話能力時呢？

　　事實上，小小孩所接觸的不同語言經驗範圍，與他們的語言
發展有直接的關係。成人有時無法認同孩子的「語言經驗」，或
是語言對於小小孩的重要性，但是，嬰兒與學步兒總是從他們所
遭遇的特殊文化、家庭傳統與媒體中，不斷地從故事、笑話、歌
曲和其他的口頭語言中學習語言經驗。

　　讓我們假設目前我們手邊有許多優良的藏書；我們熟知全部
的兒歌、語言遊戲，與口述的故事；此外我們也相當有把握能將
這一切與孩子分享。那麼我們如何能有效地運用故事經驗呢？或
許說、讀、唱、演等展示是必須且可行的，這些需要練習才能夠
做得好。然而，我們在練習的過程中，必須要有自信與專門的技
術，以確保孩子在我們的課程中使用語言時，感到特別的快樂並
從中受益。

柒、兒童閱讀與基本認識及原則

　　艾登・錢伯斯（Aidan Chambers）有《打造兒童閱讀環
境》、《說來聽聽：兒童、閱讀與討論》兩本專書，討論有關兒
童事宜，試說明如下：

一、閱讀循環

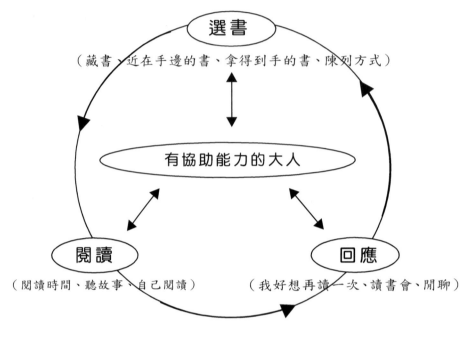

（見《打造兒童閱讀環境》，頁16）

二、選書

　　選書正是閱讀活動的開始，我們每一次的閱讀，都是從我們手邊的各項圖書資料中所做的選擇，像是書籍、雜誌、報紙、商業文件、政府出版品、垃圾郵件、廣告、渡假手冊等等。即使只是單純地走在街上，也處處充斥著要我們去閱讀的「環境出版品」，像是路標、海報、店家的特賣訊息，甚至街角的塗鴉等。我們得從這一團混亂的鉛字中，去選擇我們需要的資訊，一旦找到需要或是有興趣的資料，我們將會很樂意再繼續深入研讀。

　　閱讀的第一步是，我們身邊得要有一批藏書，而這些藏書需含括我們感興趣的種類。

　　因此，鼓勵閱讀的首要任務，就是學習如何選擇並建立一批豐富的藏書，同時把孩子視為成熟而可信任的讀者，指導他們如何有效地閱讀，並隨時提供必要的協助。

三、閱讀

　　對於學習剛起步的孩子而言，我們最能幫助他們的方式，就是依循著孩子在閱讀循環中的進展，隨時去肯定他們完成的每一個步驟。孩子能去注意到書架上的藏書，是一個步驟；能在架上選出一本他想讀的書，是另一個步驟；決定手上的書正是他想看的書，或再放回架上去，又是一個步驟；終於，他打算坐下來好好閱讀這一本書了，這也是一個步驟。

　　還有一點關於閱讀的重要概念，就是閱讀是需要時間的。

　　除了時間以外，閱讀還需要一個能讓專心而不被打擾的場所，比方說周遭若是有其他令人分心的活動在進行著，像是電視機附近，就很難讓人靜下心來閱讀。

四、回應

　　某種感覺像是喜歡、厭煩、刺激、有趣、愉悅等，這些閱讀心得，正是讀者最大的樂趣所在。其中，有兩種回應對幫助孩子成為一位思考型的讀者，是非常重要的經驗。

　　第一種回應是在讀完一本喜歡的書之後，期待能再經歷相同的閱讀樂趣。

　　第二種回應則是在讀完一本喜歡的書之後，迫不及待地想和人談論自己的閱讀心得。

　　以身為資深讀者兼任教師的經驗是：其間的關鍵，就是在於

和孩子討論書籍的，是什麼樣的人。

五、有協助能力的大人

如果小讀者能夠有一位值得信任的大人為他提供各種協助，分享他的閱讀經驗，那麼他將可以輕易地排除各項橫亙在他眼前的閱讀障礙。

捌、結語

最後，我想舉現當下大陸兩位學者的看法：

1. 朱永新所帶領新教育實驗的兒童課程的三個命題：

命題一：教育不能踰越兒童的身心發展。兒童的身心發展（生物性）是一條教育必須遵守的鐵律，任何一廂情願地想要踰越這條底線的教育，都是對兒童身心的摧殘。無論它打著「神童」、「讀經」、「未來公民」或者其他什麼冠冕堂皇的名號，其教育實質都是一種對生命本質的損害。

命題二：任何教育都是對生命的刻寫。不同的語言，不同的文化，同一文化中不同故事的講述，不同的書籍與課程，不同人格的教育者與孩子的接觸都是對兒童生命的一種不可重複、不可塗改的刻寫。雖然教育的結果總是兒童心靈，既有經驗與某種刻寫的交互作用，不是某種刻寫的單純後果。但是，最終生命仍然是一個持久的多重刻寫的烙痕。教育縱然可以被看成是對生命的喚醒，但在生命內

部，除了對光明的渴望並沒有任何既定的知識。所以，教育的刻寫是一項偉大而危險的、不可不慎的事務，刻寫入用庸俗還是高尚，刻寫入悲憫還是自大，刻寫入剛健還是卑微……這一切，都取決於生命的早期——童年的教育。

命題三：任何良好的教育，都是命題一和命題二的平衡。命題一是全人類的教育都必須遵循的自然規律，命題二在於不同的人對於不同的文化有著不同的理解良好的教育就是在遵守規律與積極刻寫的雙重要求中尋求一種藝術的平衡。（見《手心裡的光》，頁3～4）

2. 孫雲曉在《不是孩子的問題》一書中有云：

我在多年從事家庭教育的過程中發現，問題父母比問題孩子多。所以改變孩子從改變父母做起，改變教育從改變關係做起。下面談的是破解家庭教育九大難題中的第四個難題，就是講不要把早期教育變成早期摧殘，呼喚父母提高心理撫養水平。在分析這個難題時，我們要側重講早期教育，下面我們還會講關於學業的競爭壓力，怎麼樣讓每一個孩子獲得成功以及關於性教育的一些問題。

大家可能早就感到現在孩子的壓力越來越大，而且是越來越低齡化，過去也就覺得考大學壓力很大，現在發現中考壓力就很大。甚至還發現孩子要上個好的初中甚是上個好的小學壓力都很大，以致於現在很多幼兒園在家長們的壓力之下都紛紛開課，所以出現了一種現象叫做「幼兒教育小學化」。

天津河西區一所幼兒園，已經開始應父母的要求，教孩子

用豎式做三位數的加減法，而這是小學二年級才教的內容。再比方說，有個幼兒園要求孩子認字，例如「蓮藕」的「藕」、「板凳」的「凳」、「跳舞」的「舞」、「醬油」的「醬」，還有「筆墨」的「墨」，這些筆劃都極其複雜的字，本來應該是在小學三年級以後才學的字，現在都編到了小學學前五百字中。

我覺得這種作法違反了幼兒的發展規律，可能會造成傷害。聽說過這樣一件事，天津一個小朋友夢裡都在說算數題，太緊張了。後來發現這個孩子居然掉頭髮，開始式幾根幾根地掉，後來就一片一片地掉。她媽媽很緊張，帶她去醫院檢查，大夫診斷說這是精神緊張所致。（頁72）

我認為，這樣的一些做法就是把早期教育變成了早期摧殘。應用行為分析專家在《關鍵七招，孩子真好教》中說：

父母若未能善待孩子，

個人與家庭生活將飽受折磨。

父母必須了解，

你快樂，孩子才會快樂。（頁156）

個人認為教育的意義或目的是：

1. 學會學習的方法

2. 學會生活

其實，孩子的教育是很生活化，很接近人心的基本能力，這些能力不需要花費太多金錢堆積起來，需要的是父母多花一點時間、多付出一些關愛的進行親子互動。

我們也不要忘了，最自然的方式：就是最好的相處模式，也是最教養方式。

兒童需要時間來成長、學習和發展。

我們希望能給孩子一個快樂的童年。

其實，童年與年齡無關，重點在於保持有孩子氣，它是一種生活的方式與態度，黃明堅曾提供重現童年的方式如下：

1. 球鞋——做個體育系學生
2. 100%棉——如嬰兒般
3. 卡通——沒有不可能的事
4. 故事書——你一定要看
5. 零食——突然變得富有

（詳見《輕輕鬆鬆過日子：保持孩子氣》，頁92-115）

參考書目

1. 《還孩子幸福童年》David Elkinel著 陳會昌等譯校 北京市 中國輕工業出版社 2009.2

2. 《啟動孩子的學習》Power Deborah Stipek、Kathy Seal著 呂素美譯 臺北市 信誼基金會 2003.9

3. 《從搖籃曲到幼兒文學》Jennifer Birckmayer、Anne Kennedy、Anne Stonehouse著 葉嘉青編譯 臺北市 心理出版社 2010.3

4. 《童年與社會——兒童社會學導論》 Michael Wyness著 王瑞賢、張盈堃、王慧蘭譯 臺北市 心理出版社 2009.7

5.《幼兒文學——在文學中成長》Walter Sawyer、Diana E. Comer
　　著 墨高君譯臺北市 揚智文化事業股份有限公司 1998.8

6.《童年之死》大衛・帕金翰著 張建中譯 北京市 華夏出版社
　　2005.2

7.《流浪與夢尋》方衛平著 蘭州市 甘肅少年兒童出版社
　　1994.10

8.《閱讀與兒童發展》王文靜、羅良著 上海市 華東師範大學出
　　版社 2010.1

9.《童年二十講》王世編 天津市 天津人民出版社 2008.10

10.《優秀孩子10大關鍵能力》史丹利・萬林斯班著 譚家瑜譯臺
　　北市 天下雜誌股份有限公司 2010.4

11.《童年的消逝》尼爾・波茲曼著 吾燕莛譯 桂林市 廣西師範
　　大學出版社 2004.5

12.《打開兒童閱讀環境》艾登・錢伯斯著 許慧貞譯 臺北市 天
　　衛文化圖書有限公司 2001.1

13.《說來聽聽・兒童・閱讀與討論》艾登・錢伯斯著 蔡宜容
　　譯 臺北市 天衛文化圖書有限公司 2001.2

14.《小小愛書人》李坤珊著 臺北市 信誼基金會 2003.6

15.《兒童文學》林文寶、徐守濤、陳正治、蔡尚志合著 臺北市
　　五南圖書出版社 1996.9

16.《幼兒文學》林文寶、陳正治等著 臺北市 五南圖書出版股
　　份有限公司 2010.2

17.《踏出閱讀的第一步》美國國家研究委員會編著 柯華葳、游
　　婷雅譯 臺北市 信誼基金會 2001.11

18.《不是孩子的問題》孫雲曉著 北京市 清華大學出版社

2010.6

19.《中國兒童文學理論批評與構想》班馬著　武漢市　湖北少年
　　兒童出版社 1990.2

20.《關鍵七招，孩子真好教》袁巧玲著　臺北市　天下遠見出版
　　有限公司 2009.4

21.《手心裡的光》馬玲編著　天津市　天津教育出版社 2009.7

22.《兒童　童年研究的理論與實務》張盈堃主編　臺北市　學富文
　　化事業有限公司 2009.6

23.《輕輕鬆鬆過日子》黃明堅著　臺北市　皇冠文學出版有限公
　　司 1995.9

24.《閱讀秘方》梅・福克斯著　臺北市　臺灣麥克股份有限公司
　　2008.3

25.《預防閱讀困難：早期閱讀教育策略》凱瑟琳・斯諾、蘇
　　珊・布恩斯、佩格・格里芬主編　胡美華、潘浩、張鳳
　　譯　南京市　南京師範大學 2006.1

（編按：此篇為演講稿。）

幼兒與閱讀

壹、前言

一、嬰幼兒文學、幼兒文學

二、幼兒

三、閱讀

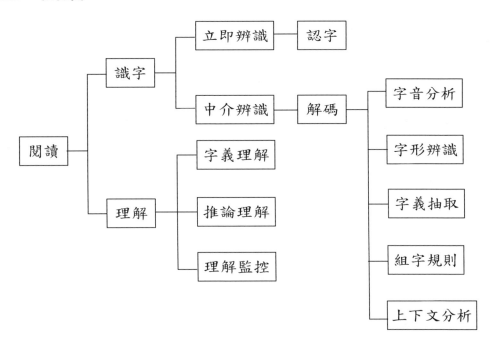

（《故事結構教學與分享閱讀》，頁9）

四、安東尼・布朗《我愛書》

（編按：此篇為演講稿，「前言」略文。）

貳、幼兒發展的需求

幼兒理想發展的六個基本要素：

一、幼兒需要有安全感

所謂「安全感」，是指在心理上感覺自己與別人有「依附關係」，感覺自己有所屬。「被愛」與「被需要」並不一定會使人產生安全感，安全感必須建立在被愛者感受到這份感情，感受到被需要，感受到自己很特別；而且這份愛還必須是適量的。請注意，重點是在兒童「感受到」被愛與被需要，而不是兒童被愛與被需要的事實。

從幼兒早期的發展過程來看，父母或幼教人員和藹可親的態度並不能使幼兒產生依附、有所繫的感覺，只有當幼兒覺得不管自己「做」與「不做」都有人關心、在乎時，這種依附的關係才會產生。因為關心，這些人會抱他、安慰他，或者生氣，甚至罵他、打他。安全感來自幼兒相信大人對自己有一種真誠而且強烈的反應，而不是空心的溫和。

二、幼兒需要適度的自我肯定

適度的自我肯定是所有幼兒都需要的。不論是貧或富、在學校或家裡、殘障或正常、年幼或年長，不論性別、種族、族群或國籍，每一位幼兒都需要有適度的自我肯定，但不是過度的自我膨脹。

　　人類並不是在幼年時一夕之間忽然就獲得自我肯定，然後一輩子受用不盡。自我肯定也不是憑空發展出來的，它是在人類成長過程中，由他人（對自己有特別意義的人，例如：父母、兄弟姊妹、其他幼兒或成人）與自己的行為反應產生互動而發展出來的。換句話說，個人在成長的過程中，會從家庭、鄰居、同鄉、同學、社區及社會習得一些行為的準則，而逐漸發展出自己形式的準則，而人的自我肯定是個人以這些準則評量自己所得的結果。

　　但是，個人用來衡量自己的行為「是否被接受」、「是否值得」或是衡量自己「是不是為人所愛」的標準則隨家庭而異。有的家庭以外貌美麗作為受人喜歡、受人重視的標準；有的家庭則重視個人的整潔；還有的家庭重視運動能力或抗壓能力。其他例如：高雅的姿態、口若懸河的本領、害羞安靜的氣質，或謙恭有禮、成績優良等都有可能被用來當作衡量幼兒是否可愛、是否被接受、是否有價值的標準。

　　當然每個家庭有權為自己的孩子建立一些標準，不過，這些標準與隨之而來的衡量常常是不自覺或無意識的情況下產生的。幼兒園的老師應察覺並尊重每個家庭的標準，即使老師並不贊同此標準，也不應表示出輕視的態度或加以詆毀。

三、幼兒需要體會生命的價值與意義

　　每個幼兒都需要感受到生命是值得活的、是令人滿意的、是有趣的、是真實的。我們需要讓幼兒從事對他們而言，具真實性、有意義、能吸引他們，並且讓他們專注的活動與互動。現代工業化社會常提供幼兒一些表面而膚淺、片斷、瑣碎的環境與經

驗，這些經驗有其潛在的危險性，我們也應該抗拒提供一些娛樂性、讓幼兒高興、興奮的活動。因此，幼教人員所提供的活動或選擇的活動應符合下二項標準：

1. 能提供幼兒機會運作操弄自己的經驗，重建自己的環境。

2. 能提供成人機會協助幼兒瞭解他們所經歷事物的意義。

目前，很多幼教人員把幼兒教育所提倡的「溫暖、友善、接納、關愛」誤解為「對待幼兒好一點」。

在幼兒成長的過程中，不論是在幼兒園，或是在家裡，幼兒都需要感受到生命真實、美滿而值得。

四、幼兒需要成人協助他們理解生活經驗

每位幼兒在初入園時，都或多或少經歷過一些事物，對事物有一些瞭解。他們所建構的看法或瞭解可能是不正確的，但是，從發展的角度來看，這種錯誤卻是正常的。幼教人員的主要責任便在於協助幼兒改進、延伸、修正、開展及加深他對周遭世界的瞭解或建構。等到兒童進入小學，小學的教育人員便應協助他去瞭解遠距離時空的人的經驗。瞭解的增進與修正應該是終其一生不斷進行的。

幼兒需要瞭解什麼？首先是人。有關人的一切都是幼兒應該瞭解的，例如：人所做的事、為什麼做這些事、人的感覺、有關自己和周遭的事物、自己還有其他生物事如何成長的、人及物從何而來等等，其內容似乎永無止境。

如果幼教人員想協助幼兒增進及修正他對經驗的理解，必須先發掘（uncover）幼兒對原有經驗的瞭解。我們可以提供幼兒一些活動，從中去發掘及瞭解幼兒的看法，這份瞭解能夠協助我

們決定課程下一步所要涵蓋的內容及活動。

五、幼兒需要與有「權威」的成人一起成長學習

　　成人（父母或教育人員）的「權威」（authority）是建立在擁有豐富的經驗、知識與智慧上，而不是來自獨裁或溺愛。獨裁（authoritarian）是指一種權力的運用，態度既不溫和，也不給予鼓勵或說明，一昧要求別人服從自己的命令。姑息或溺愛（permissive）則是放棄成人的權威與權力，只要孩子需要，給予幼兒所需的溫暖、鼓勵與支持。

　　「獨裁」及「溺愛」是人類態度上的兩個極端，都不是成人所應採取的態度。成人的態度應該是「民主權威」的（authoritative），也就是以關懷、支持的態度來運用其對幼兒的「權力」，向幼兒充分說明為何設置某些限制，並解尊重幼兒的意見、感覺及想法。

　　尊重別人的意見不是大問題，但是，要尊重與自己相反或令自己困擾的意見才是智慧，才是真正的專業。

六、幼兒需要有成人或兄姊作為學習的榜樣

　　每一位老師心中或多或少都有一些希望幼兒養成的人格特質。也許每個人所認定的人格特質不盡相同，但是，大致上，有些人格特質是大家所一致期待的，例如：關心別人、誠實、親切、接納與自己不同的人、愛好學習等。然而在老師期望幼兒表現這些人格特質前，似乎應該先檢視一下，在幼兒的身邊有多少具有這些人格特質的成人或兒童，可以作為幼兒觀察、學習、模仿的榜樣？又有多少人雖然外表光鮮亮麗，非常吸引人，但是卻

具備不良的人格特質。

　　目前的社會到處充斥著暴力及犯罪，這些不良的人格特質或經由幼兒親眼目睹，或經由傳播媒介宣傳，極易成為幼兒學習的對象。社會與幼教人員必須採取必要措施，保護幼兒免於過度暴露在不良的環境中，學習不良的行為，尤其當幼兒人格正在形成的時期。

　　幼兒需要與願意堅持立場的成人相處並建立良好的關係。在當前社會一步步走向多元化、多重文化交流和社區參與時，專業人員似乎逐漸對自己的專業價值及立場產生猶豫並感到羞慚，不敢確定什麼是對的，是值得做的。結果反而不能給予幼兒確切的訊息，到底什麼是值得知道的？什麼是值得做的？什麼是值得期待的？

　　幼教人員及有關人員（家長、社區工作人員、行政單位人員）應該瞭解，堅定自己的立場並不表示必須強迫幼兒接受或同意老師的價值觀及看法，也不是排斥別人的看法及立場（事實上，我們強調必須培養接受並尊重他人價值觀的氣量）。幼教人員如能堅定自己的立場，幼兒便會認為我們是有思想、能關愛的人，而我們也可以有足夠的自尊與自我肯定來執行我們的價值觀，同時也讓幼兒明確的瞭解我們的價值觀。（以上詳見《與幼教大師對談》，頁21～26）

參、父母與老師

父母與老師角色本質的差異：

角色本質	父母	老師
1. 功能範圍	全面，無限度	特定，有限度
2. 關愛程度	強	弱
3. 依附程度	適度依附	適度疏離
4. 理性	適度非理性	適度理性
5. 自發性	適度自發性	適度目的性
6. 偏愛性	偏心	公平
7. 責任範圍	個人	團體

（見《與幼教大師對談》，頁186）

　　老師與父母的職責有很多地方雷同，這是因為幼兒本來就需要從老師那裡得到如父母般的照顧和關懷，而且也需要父母幫助他們吸收、學習各種重要的知識與技能。雖然老師與家長在角色功能上有重疊之處，但是，本質卻不相同。本文將以下列七個層面來探討父母與老師角色在本質上的不同。為了討論方便，本文刻意擴大父母與老師的差異，事實上，沒有哪一個角色是純然如本文所描述的。另外，讀者也要瞭解，雖然父母或老師的角色是由各層面相互作用而形成，本文仍將個層面分開討論，以凸顯每一個層面所可能帶來的問題。

一、功能範圍

專家在討論家庭與學校功能差異的問題時，曾提出家庭與學校至少在兩方面無法相互連貫：一是範圍，一是情感。

在範圍方面，家庭的功能範圍是全面而無限度的，學校方面則是特定而有限度的。家庭的功能應全面包括家裡所有的責任、義務、關係等。換句話說，凡是與幼兒有關的都屬於父母「分內的事」，因此子女生活的每一部分都屬家長的權責範圍。但是，在學校裡，老師與兒童的關係不論是在範圍、功能或內涵上都是特定而有限度的，限於一些特殊界定、非屬私人性質的領域。

同樣的，有人社會對父母角色的要求有別於老師、護士及其他行業的人員。首先，家長養育子女沒有固定的工作時間，尤其是學齡前幼兒的父母根本就沒有「下班時間」，是全天候的。親子關係與師生關係的不同在於親子關係是直接而親密的，不僅有愛與支持，也有憤怒與管教。

當孩子的年齡愈大，老師與父母在功能上，區隔愈清楚。但是，在學前及小學教育階段，兩者之間的區隔並不明顯，因為兒童年紀小，不夠成熟，不論在家裡或在學校，都需要大人負起比較全面的責任，因此，很容易引起父母與老師角色的混淆。但是，要求或期望幼兒老師或小學老師負起如父母般全面性的功能，將會使角色混淆的情況更為惡化。

二、關愛程度

關愛行為的強弱與次數的多寡可作為區分老師與父母角色的另一項標準。一般而言，父母對幼兒表現關愛行為的次數要比老

師來得頻繁，而程度上也比較強烈。

　　許多父母及老師往往不清楚自己的角色，不但容易引起別人的誤解，也帶給自己不少痛苦。有些家長將教導子女學業技能視為自己的責任，造成親子關係的緊張，甚至破壞親子關係。例如，曾經有位母親因為孩子有學習障礙的問題，就參加一項「家庭式輔導計畫」，學習在家裡親自教導及訓練孩子專業技能。結果，他卻因為時時擔心孩子不能達成既定的目標而變得非常焦慮和緊張；又因過度注重學習成果，一旦孩子跟不上進度，就顯得失望又焦慮。而她這種情緒也感到孩子，使得孩子也跟著緊張，甚至發生抗拒行為。孩子一旦緊張或反抗，學習成效就更差，因此使得母親更為失望、焦慮。如此周而復始的惡性循環，使得親子關係逐漸惡化。最後，她只有要求停止由自己扮演「教導」的角色，回復「母親」的角色，專心做孩子生活中一位溫情、瞭解與支持的大人，而讓輔導人員教導她的孩子。

　　由此可知，情感關係密切的人並不適合兼負教導的角色，這種現象就像教朋友或親戚開車一樣。一般而言，教陌生人開車時，要比教與自己關係親覓的人有耐心得多了！教自己人開車時，因為兩者之間的親密關係，往往會增加雙方的焦慮與壓力，造成彼此的情緒負擔。

三、依附程度

　　「依附」（attachment）一詞常見於與兒童學習及教養有關的文獻報告中，唯其定義卻很難下。以往「依附」的解釋多著重於幼兒對父母或對照顧人員單方面的依附感，而且強調關係中好的一面，忽略了大人其實也對兒童存有依附感，這種依附感也

可能包括憤怒、恐懼等負面的感受。本文所要強調的是，依附是一種成人與兒童間相互的雙向關係，任何一方的行為與情感反應都可以引發另一方的強烈感受與反應，舉凡焦慮、懼怕、憤怒、警覺、驕傲、喜悅或溫柔、關愛等都包括在親子的依附關係內。因此「依附感」的相反詞並不是「拒絕」或「生氣」，而是疏離（detachment）。

　　父母與子女應維持適度的、相互的依附關係，依附不足會危害親子關係的良好發展，而過度的依附又會令人有窒息和想逃的感覺。老師與兒童則應維持適度的「疏離」關係。「疏離」一詞不僅是用來與「依附」對照，也表示教育人員可以有意識且刻意的與服務對象保持適度的距離。因為凡是無法與學生保持適度距離而與學生維持過度親密關係的老師，很容易陷入「情感衰竭」的困境，喪失感應的能力；同樣的，如果老師與學生間過度疏離，也會減低老師對學生行為的反應能力，同樣無法達成良好的教學效果。

　　我們知道凡是與他人長期保持強烈而親密關係的人，註定會受到強烈的感情折磨。防範之道，只有採取疏離措施，即「對服務的對象採取比較客觀公平的方法，那麼在做必要的會談、測驗或運作時，就不會引起自己心理上的不適。」這種現象稱之為「疏離氏關懷」（detached concern），蘊含了矛盾的含義：疏離是為了對方好。

　　幼兒園的老師因為必須一年又一年的與依賴極強的幼兒相處，在其教學生涯中似乎永無「解脫」之日，不像家長雖然與幼兒間有強烈的依附感，但是，這種情感負擔的壓力，等孩子長大後自然就消失。因此，老師為了保護自己與學生，必須維持一份

適當、足以穩定老師情感及促使老師正常執行角色功能的「疏離式關懷」，以免情感負荷過重而衰竭。

　　適度的疏離還有另一項好處，就是老師可以客觀據實的評量學生的學習與發展情況。

四、理性

　　父母對子女養育態度應該保持「適度的非理性」，因為無論是「過度理性」或「過度非理性」都會戕害幼兒的發展。過度理性會讓子女認為爸爸、媽媽太冷酷、不慈愛，容易引起幼兒種種的情緒困擾。相反的，「過度非理性」則使得幼兒難以預測人際關係，常以發幼兒一連串的行為問題。

　　適度的非理性並不意謂著混亂、慌張或漫不經心，而是強調大人出自內心強烈而深入的「自我涉入」（ego-involvement），有點像是用「心」來做事。其實很多文獻也都提醒老師在工作及專業中不要忘記帶一份「心」！舉例來說，如果一位母親自認沒有盡到當媽媽的責任，對子女的教養完全失敗，那麼終其一生她可能都會存有強烈而痛苦的罪惡感、無力感以及懊悔等，這是因為她對子女的發展存有一份「長久而非理性的涉入」，執著的認為子女成長與發展存有一份「長久而非理性的涉入」，執著的認為子女成長與發展的好壞是自己的責任。而老師便沒有這份「非理性的自我涉入」，即使認為自己教學失敗，也可以辭職或換個工作，原有的一些罪惡感、挫折感或沮喪也許就會在幾個月內消失殆盡。

五、自發性

　　父母對子女的態度應該是適度的自發。目前已很多親職教育的活動及方案太著重理性的分析，過度鼓勵父母採取理智的態度，結果可能會使父母產生一種「分析麻痺症」，無法自信的處理子女的行為，反而有礙親子關係的發展。

　　以理性的態度或科學化的步驟，一步步回應子女的行為，在剛開始時也許效果很好，但是，卻無法長久維持。因為父母與子女的關係原本就是以情感為主，互有一份依附感，這條感情的線，使得父母無法絕對理性的處理兒童的行為及情感反應。如果父母一味的保持冷靜與理性的態度，事事講道理，也許反倒會被子女或旁人認為漠不關心或缺乏愛心。

　　由於父母的行為是自發的，因此父母的行為可能每天都有變化，幼兒可以從這些變化與前後不同的行為中形成假設、測試、驗證，以瞭解生活中各種經驗的意義。事實上，自發性的價值或許可以用遊戲（play）來說明：遊戲對幼兒之所以具有高度價值，就是因為遊戲有自發、隨意及變化的特性，這些特性衍生了許多讓幼兒可以運作、探索的資料，轉成有意義的心智內涵（如概念、基模）。父母提供子女觀看自發行為變化的機會，又協助子女從中做出邏輯推理、衍生意義，這可能才是「父母是孩子最佳的老師」所蘊涵的意思呢！

　　相反的，老師的態度應力求適度的「目的性」。如果也要求老師講求自發性，老師就必須等待「教育時機」自然出現而隨機教學。這樣的話，老師可能會認為自己在混而不專業，反而強化了角色的混淆。所謂的教學指的是，「為獲得某種特定的觀念和

技能而預先設定、規劃的學習刺激」。因此大部分的教學活動應該是事先思考、決定的，以達成教學的目標，並能回應家長與幼兒的需求（不過，隨著訓練與經驗的增進，老師有目的的行為也會添上一些自發的品質）。

　　由上面的定義可以看出，教學乃是將外界多樣而複雜的行為及刺激的範圍縮小，將特定的資料及刺激提供給幼兒，使幼兒能在範圍內集中心力，發揮最大的學習效能。但是，如果老師在縮小刺激範圍的過程中，未能顧及幼兒的個別需求，或所提供的變化及選擇的機會過於濃縮，很可能會使幼兒產生挫敗感或無力感，反而降低幼兒對教學的接受度。但是，幼兒園應該提供什麼樣的變化、刺激與訊息資料給幼兒，卻一直是幼教界深感困擾的問題，迄今也還沒有一個定論。

　　或許我們可以說「目的性」是區分親職與教職、區分養育與教育的最佳重點。但是，這不是說父母都沒有目的性，而是說比起老師，父母的目的比較不特定，可能也比較不清楚（對父母自己及對別人而言）。此外，父母的目的也比較富全面性、偏愛性及非正式性。有關目的性的程度及特定性方面的研究，應該可以幫助我們深入瞭解父母或老師之間的角色差異。

　　雖然幼教專家常提及，除了正式的學校課程外，幼兒還會從潛在課程及偶發、未經規畫、未預期的事件中學習，但是，這種學習總是靠運氣，是不可預期的。理論上，專業訓練的目的就是要讓老師的教學方法所引發的結果能與預期的目的相吻合。因此，老師在教學上應盡量縮小自發或隨機性的活動與刺激，而提高有規畫、有預期目的的刺激活動，以確定幼兒學習的內容與成果。

六、偏愛性

　　一般說來，每個孩子都是父母眼中最特別的人。為人父母者不只期望子女與其他人表現一樣，更期望子女出類拔萃。父母的目標是「盡其所能的去尋求好的東西，不只對所有幼兒都好，還要對自己的子女最好的。」可見，一般父母都偏愛自己的子女，把子女的需求放在第一，還會到處誇揚子女的特點與才氣。

　　相反地，老師對幼兒的態度則應力求公平、一視同仁，將自己的才智平均分配給每位幼兒（不管幼兒喜不喜歡）。因此，當父母基於偏愛的心理要求老師提供自己子女特別的照顧或給予特別權利時，老師有義務拒絕這種「特權」的要求。事實上，就是因為老師能將自己在教學上的專業知能用在自己並不特別喜歡的兒童上，老師才算是真正的專業人員。

七、責任範圍

　　幼兒教育一向強調要滿足幼兒的「個別」需求，乍看之下，似乎是期待老師專注於個別兒童的需求，這不就與父母偏愛子女，只考慮自己子女利益的角色相混淆了嗎？但是，事實上並不盡然！父母有保護子女在文化與種族方面獨特性的權利，也有權據此要求老師適度的為子女做些適度的考量或特別的安排。但是，老師不僅要顧及團體中的個別幼兒，也要兼顧團體的需求。身為一位專業教師，必須在幼兒的個別需求與團體紀律中求得平衡，何況幼兒也唯有經由服從團體紀律的過程，才能學習到行為規範和對成就抱以合理的期望，以及控制情緒等多方面的事情。（以上詳見《與幼教大師對談》，頁185～197）

肆、學習的意義

一、「學習單位」四步驟：M+A.B.C.

　　行為、學習和情緒上出現狀況的孩子，大多是因為父母給予「學習單位」（learn unit）不足，使孩子無法具備應有的能力，最後導致學習緩慢、行為偏差，或情緒難以控制……等問題。「學習單位」是由動機（Motivation，簡稱M）、前因（Antecedent，簡稱A）、行為（Behavior，簡稱B）、結果（Consequence，簡稱C）四個部分所構成。以實際例子來說，當孩子想要玩拼圖時——這就是動機；媽媽拿出拼圖給孩子，並且說：「我們在這個桌上玩拼圖」——這就是前因；孩子玩拼圖——這就是行為；孩子完成拼圖，媽媽鼓勵孩子，「你可以自己拼完，好厲害喔！」——這就是結果。

　　由這個例子可以看出「學習單位」是一個由四種步驟所組成的行為（M+ABC），也是生活中隨時隨地都可以運用的方法。「隨時隨地」指的是從吃飯、睡覺、洗澡、玩遊戲這樣的小事，到數字、字母……等認知學習，也就是日常生活中與孩子的所有互動，都要儘量多運用「學習單位」四步驟。數量多而完整的「學習單位」，將使孩子擁有良好的能力。

　　「學習單位」的每個部分環環相扣，「動機」影響後面的A、B、C三步驟。同樣的，「結果」也會反過來影響「動機」。以拼圖為例，當孩子拼不好時，父母如果出現不耐煩或責

備的語氣，孩子便會產生挫折感，失去玩拼圖的動機。因此，「學習單位」的每一個階段，希望父母都能適切的使用，以免造成反效果。當父母熟練「學習單位」的運用，在教養孩子時，將可以更輕鬆順利。

M「動機」

任何學習和行為的背後都要有動機，孩子才會有意願和興趣，學習才能有效果。而動機從哪裡來呢？孩子最在乎的就是父母的注意和肯定，當孩子的行為受到讚美，會逐漸產生自發性的學習與探索，這就是動機。

動機是一切學習的基礎，需要長期的累積和營造。當孩子對某件事產生動機時，父母一定要持續給予支持和鼓勵，讓孩子的動機得以不斷的延續下去。

在M階段，重點是營造、鼓勵、讚美、肯定。

A「前因」

「前因」包括「行為之前所發生的事」、「引起或刺激行為的事件」及「明確的指示」。「前因」可以是語言，也可以是動作或事件。如果是語言，就必須很明確，父母與孩子互動時，給孩子的指令要明確，並事先把規則建立清楚，讓孩子明白。譬如，孩子要求聽睡前故事，但是經常一個故事聽完了，還要聽另一個，這時父母應該事先就和孩子溝通清楚，「今天只講一個故事，因為已經很晚了。」並且堅持原則，不妥協。

此外，也必須考量孩子的年齡與行為能力，儘量不要給予太複雜的指示。譬如，「寶貝，去幫媽媽把房間床上的衣服拿到浴

室給爸爸。」年齡太小很可能拿到衣服，就忘了下一步要做什麼，如果能把指令拆成兩個或三個，就會更恰當。父母應留意指令是否符合孩子的發展階段，否則容易造成孩子的挫折感，我們可以從單一的指令開始，等孩子的理解，並順利完成指示之後，再慢慢加入更多的指示。再這個階段，要避免過度重複，父母只要清楚明確的講一次就夠了。

在A階段，重點是清楚、明確、不複雜、只說一次。

B「行為」

接下來就要給孩子機會和時間，讓他去完成該做的事。父母這時要更有耐心，多給孩子一點時間，讓孩子獨立操作，或說出自己的想法。許多孩子缺乏獨立學習的機會，導因於父母的急躁。我看過一些父母無法忍受孩子吃飯太慢，便動手用餵的；不耐煩孩子邊走邊玩，乾脆用抱的；嫌孩子衣服折不好，索性媽媽自己來。

父母不要心急，讓孩子有充裕的時間說出自己的想法和需求，有足夠的機會做出自己的反應是很重要的。

在B階段，重點是觀察、聆聽、耐心。

C「結果」

「結果」是父母對孩子行為的回饋。「結果」包括兩種：其一是，當孩子的行為恰當，父母應該即刻給予「正面回饋」，也就是給孩子讚美和肯定。其二是，當孩子不聽話、做錯，或對父母的指示沒有反應，父母應即刻給予「糾正」，或示範正確的作法給孩子看，並讓孩子親自執行一次，才能從中學習。

　　有研究顯示，當父母恰當的執行「結果」，可增加孩子這類行為的次數。

　　鼓勵與讚美具有神奇的效果，卻經常被忽略。當孩子的言行正確，或順利完成交付的任務時，一定要很快的給予正面的肯定與讚美。

　　除此之外，更常困擾父母的情況是，孩子對父母的指示完全沒有反應、不理會，或者無法完成，甚至做錯。此時，有些父母會開始重複A階段，一直唸，也有些父母會責備或處罰。其實，比較有效的方法應該是「糾正」。譬如，孩子對「把玩具收一收。」沒反應，父母可以帶著孩子一起做，「來！媽媽教你，我們一起把積木放進桶子裡。」在糾正時，要特別注意不要表現出嚴厲的口氣、負面的情緒，或不好的臉色，因為即使是一點點的小皺眉，或輕微的責備口氣，都可能在孩子細膩的新中產生挫折和恐懼，對孩子造成不好的學習經驗，進而影響學習動機。

　　父母的稱讚與正面的親子互動，會讓孩子的心智、情緒與安全感穩定發展，也會讓孩子有成就感，有自發學習的動機，然後形成正面的循環。

　　在C階段，重點是立即、糾正、正面回饋。

　　如果「學習單位」的每個步驟都很完整，孩子卻有學習問題時，父母應該回頭檢視M、A和C各階段——是否缺乏動機，孩子沒有興趣？指示不明確或太困難，孩子無法理解？或者回饋不明確，讓孩子產生挫折，不想學習？父母沒有給予適時的糾正與示範，孩子無所適從？

　　當我們重新分析M、A和C，適當做出調整後，如果孩子的問題仍然沒有改善，我們可以就問題背後，探討孩子的學習歷

史。例如，「為什麼孩子不喜歡學英文？」他是否對英文有不好的學習經驗？或沒有得到適當的回饋，缺乏學習動機？我經常輔導父母探索孩子的學習經驗，找出問題癥結，加以改善。

　　每天反覆練習「學習單位」，孩子的學習動機將可逐漸建立，各種能力也會全面提升。同時，父母也可以透過這套方法的輔助，使教養孩子的過程更輕鬆愉快。（**以上詳見《關鍵七招，孩子真好教》，頁17～25**）

二、學習的要素

　　學習的三個維度：即內容、動機和互動，前兩者是與個體的獲得過程相關的，後者與個體和環境間的互動過程相關。

　　我們可以看到一個周圍架構了學習三角。這表示學習總是發生在一個外部的社會性情境中，這個情境在一般情況下，對於學習可能是有決定性意義的。

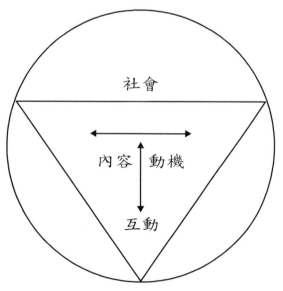

學習的三個維度（見《我們如何學習》，頁26。）

　　內容維度關注的是知識、理解和技能。

動機維度，包含了功力、情緒和意志。

最後，學習還有互動維度，它包含活動、對話和合作。

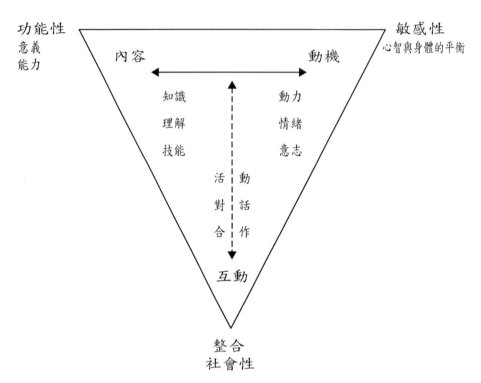

圖：作為能力發展的學習〈見《我們如何學習》，頁29〉

三、大腦的基礎建設

「連結能力」

簡單的說，「連結能力」就是「舉一反三」、「觸類旁通」的能力。「連結能力」如同一個國家的基礎建設：自來水管埋設好了，平坦的馬路開通了，電纜線牽好了，那麼水龍頭打開自然會有水，開關按下自然會有電，馬路上要騎自行車或開跑車也都沒問題。孩子的「連結能力」建立完善，學什麼都快。具備「連

結能力」的孩子敏銳而靈活，創造力豐富，學習效果好。「連結能力」的建立不必然只在課堂上，只要知道方法，生活就是最好的學習場域，父母就是最好的老師。相反的，一個缺乏「連結能力」的孩子，學習任何事物都會事倍功半，並造成自信心低落、學習動機缺乏……等負面循環。「連結能力」不足會使孩子的學習無法全面，甚至出現學習經驗的斷裂。

剪掉多餘的神經元

所謂的智慧或認知能力，是大腦發育和後天經驗交互作用的產物，這兩者都是愈早期的影響愈強烈。嬰兒的腦在滿一歲以前，會增加到出生時的三倍，到進幼稚園時完全長成；而五到十一歲是神經作業速度進步最快的時期，因為後天經驗會影響神經之間的連接和突觸的形成。

人類出生時大腦細胞的數量，遠超過以後要用的（我們的神經元有十兆個之多），大腦是全身最大的能源消耗者，雖然只佔體重的二％，卻用掉二○％的能量，因此，大腦必須把多餘的神經元修剪掉，以節省能源。修剪的原則是看這個神經元有沒有跟別人連接，是否是神經迴路的一員。一個落單的神經元是很容易被修剪掉的，就像一個落單的動物容易被敵人吃掉一樣。童年的經驗之所以重要，就是因為可以幫助神經元不被修剪掉。

大腦先生出很多神經元再慢慢修剪，而不一次生出剛好的數量，最主要的原因是大腦需要彈性。

大腦在四、五歲時做最大幅度的修剪，這從兒童大腦葡萄糖的代謝上可以看出來。四歲孩子葡萄糖的消耗量是成人的二倍，這條曲線是從一出生就直線上升到四歲，然後下降，到九歲

左右降至成人的程度。因此童年期的經驗對神經突觸的修剪非常重要，對以後認知的發展影響很大。（詳見《歡樂學習，理所當然》，頁60～61。）

多元範例學習法

　　「連結能力」影響孩子的學習成效十分明顯。孩子學習時，如果只用單一的方式學習，就無法建立「連結能力」，容易造成孩子的學習無法靈活應用。因此，最近幾年，國內的教育研究機構逐漸發展出一套完整的學習方法，能有效的培養孩子「連結能力」。這套學習方法我們稱之為「多元範例學習法」。

　　「多元範例學習法」是全方位、多面相的學習。孩子的學習應該眼、耳、手、口並用，看得見、聽得到、摸得著、說得出，並且將學習與生活緊密結合，僅可能提供多種呈現與互動的方式。簡單的說，就是隨時運用周遭的事物，以不同的角度或方式加以靈活練習。

　　我們歸納出「多元範例學習法」的兩個重點：「三多」與「四能」，讓父母在運用時，有個依循的方向。

　　「三多」指的是範例的數量多、種類多、方式多。「數量多」、「種類多」指的是準備不同數量和種類的範例（至少三樣），提供孩子辨識；「方式多」指的是學習方式要多變化（至少三種）。

1.「數量多」、「種類多」

　　舉例來說，我們教導孩子認識「圓形」時，除了看著書上所畫的圓形外，還要引導孩子在生活中尋找各種「圓形」的東西。

「數量多」、「種類多」的用意在於使孩子能將單一概念，靈活運用在稍有變化的同一概念上。避免孩子認得書上所畫的圓形，確無法辨識銅板也是圓形，盤子也是圓形……。

2.「方式多」

接著，讓孩子動動手，不論是分類、剪貼、畫畫、美勞、連連看等，運用各種不同的方式來認識圓形。

「方式多」的用意是使孩子更進一步將單一概念立體化。孩子除了可以辨識不同的圓形外，也能靈活的將各種圓形重組、分類、配對，甚至能夠自己動手創造出圓形。

結合了「三多」的學習過程，經過多樣化與生活化的練習之後，孩子的「連結能力」便能夠建立起來，久而久之，孩子的學習例將可逐漸增強。

「四能」指的是能說、能回答、能指出、能配對。

「四能」是一項基本的檢示功能，父母可以針對不同的學習內容，些微調整「四能」的內容。譬如，在孩子年紀還小的時候，我們只要孩子做到能聽、能說、能做即可。而大一點的孩子學習單字時，我們也可以把「四能」轉化成能聽、能寫、能說、能讀。總之，當我們教導孩子學習時，要儘量兼顧用眼、用耳、用手、用口。父母只要掌握孩子是否充分運用到眼、耳、手、口來學習，就幾乎能掌握學習的多面向。

融合「三多」與「四能」，樂在學習。

在「樂在學習」中，大腦正在分泌一種「多巴胺」。所謂「多巴胺」是一種經傳導物質，被認為是導致「快感」的腦內物質。也就是說，當多巴胺分泌量愈多，人類就能感受到愈強烈的

快感與喜悅。（詳見《關鍵七招，孩子真好教》，頁41～49）

　　下圖為多巴胺釋放示意圖。（事實上，多巴胺是經由前額葉為主的特定循環來釋放）

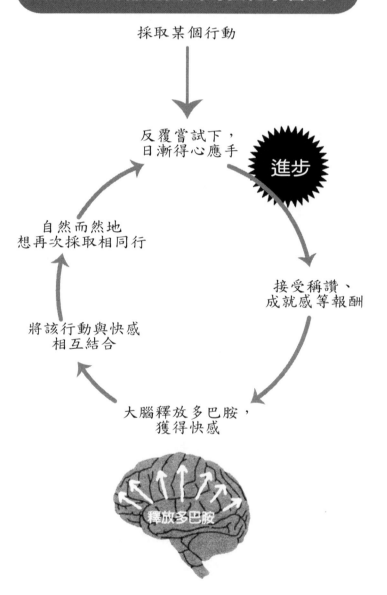

〈見《用腦，要用對方法》，頁25〉

伍、Bookstart

一、英國

　　1992年，由英國公益組織「圖書信託基金」（Booktrust）發起的Bookstart運動，係全世界第一項專門為嬰幼兒量身打造的大規模贈書活動；顧名思義，Bookstart一字結合書籍（Book）及開始（Start）兩項意涵，透過免費贈書給育有嬰幼兒的家庭為手段，提倡鼓吹嬰幼兒即早接觸書籍，擁有快樂溫馨的早期閱讀經驗。

　　1992年的英國，擔任國中校長的Wendy Cooling被邀請參加一所小學的開學典禮。大部分的孩子都拿著老師之前發的繪本閱讀，但卻有一個5歲的孩子看起來相當困惑地聞著書，啃著書。看到這個情況的Wendy Cooling感到相當吃驚；她意識到即便是在英國這樣先進的國家中，在入學前完全未接觸過書的孩子仍舊是存在的。同年，Wendy Cooling成為英國Book Trust基金會童書部門負責人，開始著手進行Bookstart。由英國Book Trust基金會、伯明罕大學教育系、伯明罕醫療機構及圖書館合作，在伯明罕地區進行試辦計畫。最初的計畫為免費贈書給300個7～9個月的嬰兒。Bookstart以「Share books with your baby」為口號，由健康訪問員（health visitor）在7～9個月健診時，將閱讀禮袋送至家長手中，同時並說明親子共讀的重要性及介紹附近的圖書館。

1992～1997年，Bookstart在英國順利地拓展，但卻苦於經費不足。1998～2000年，英國的連鎖超市Sainsbury's贊助600萬英鎊，有92％的嬰兒因此受惠。2001年Bookstart又再度面臨經費危機，教育機關、民間基金會等捐贈25英鎊，25間童書出版社也以低價提供書籍，因而Bookstart尚能繼續進行。2004年7月英國政府宣布編列Bookstart預算，並擴大實施。對象為英國4歲以下兒童。2005年開始，中央政府機關之Sure Start Unit對閱讀禮袋的費用及Bookstart的營運經費提供了支援。

二、信誼閱讀禮袋

1. 信誼「Bookstrart 閱讀起步走」

為了建立公共圖書館與孩子的長期互動關係，將透過贈送免費閱讀禮袋作為起始點，由圖書館設置嬰幼兒閱讀專區，藉此吸引父母帶著孩子定期回到圖書館借閱嬰幼兒閱讀資源。

信誼基金會長期以來致力於推廣兒童閱讀，歷經多次英、日等國實地參訪考察後，2005年11月正式成為跨國性Bookstart嬰幼兒閱讀推廣聯盟工作伙伴，2006年2月第14屆臺北國際書展中，特別邀請到Bookstart運動創辦人 Wendy cooling女士來臺 ，與當時臺北市長馬英九先生與臺中縣副縣長張壯熙先生，共同公開宣布開始在臺灣推動「Bookstart 閱讀起步走」運動，透過嬰幼兒閱讀觀念的推廣，讓臺灣與世界同步接軌。

信誼基金會作為國際性「Bookstart閱讀起步走」運動臺灣代表機構，定期與國際相關團體合作交流，持續引進各國最新嬰幼兒推廣理念與方法，邀集各界學者專家設計製作父母入門指導手冊、推薦書目、故事圍裙、布旗、海報、貼紙等周邊物資；並設

　　計有圖書館員與志工完整配套培訓課程，籌組專業講師團隊，在全臺各地執行父母閱讀指導講座暨協助組訓專業志工團隊，更不遺餘力向各界人士積極宣導嬰幼兒閱讀的重要性，募集更多社會資源與能量投入嬰幼兒閱讀推廣行列。其中，為了支持地方政府開展「Bookstart 閱讀起步走」運動，信誼基金會提供的免費贈書已經累計超過50000冊。

　　在此同時，嬰幼兒閱讀推廣係信誼基金會「關懷0～3歲嬰幼兒發展」整體工作的重要一環；自2000年開始，信誼基金會透過舉辦嬰幼兒國際發展研討會、支持國際知名嬰幼兒研究機構大型跨國研究計畫、辦理大型親子活動與親職講座、印行發送父母宣導手冊與單張以及出版發行優質玩具與閱讀資源等不同面向，全面性推動臺灣社會對嬰幼兒發展議題的關注，為整體環境營造有利條件。

　　歷經數年來眾人的共同努力，嬰幼兒閱讀推廣的種籽逐漸在全臺灣各個角落開花結果，舉例來說，在臺中縣文化局陳志聲局長與圖書管理課全體同仁的積極努力下，臺中縣21鄉鎮從零星被動參與到全數主動編列購書經費，乃至於良性競爭打造適合地方特色的獨特推廣方式，激起了第一線圖書館員與推廣志工的熱情，為嬰幼兒閱讀生根地方樹立了可複製移植的範例，帶動了更多的縣市與鄉鎮紛紛跟進。

　　展望未來，信誼基金會期待在既有的基礎上，繼續結合有志於嬰幼兒閱讀推廣的在地力量，普及嬰幼兒閱讀風氣，提昇嬰幼兒閱讀軟硬體環境，讓每一個小小孩都有機會可以成為「小小愛書人」！

　　信誼基金會策劃與提供完整的培訓課程，籌組講師團隊，協

助各縣市圖書館執行「嬰幼兒閱讀父母講座」及「志工專業引導課程」，讓第一線圖書館員與志工具備有嬰幼兒閱讀指導能力，並持續舉辦嬰幼兒閱讀推廣活動。

信誼基金會自成立以來，就以「守護孩子唯一的童年」做為核心宗旨，呼籲社會重視幼兒教育與致力提升幼兒教育的品質。自2000年起，更由於嬰幼兒早期發展與腦科學的研究發現，積極將向下紮根，推動0～3歲嬰幼兒教育。自2006年引進世界性的嬰幼兒閱讀運動Bookstart閱讀起步走，透過免費閱讀禮袋的發送，已經走進5萬多個有嬰幼兒的家庭。

Bookstart閱讀起步走，引進臺灣後，信誼結合在地的力量，看到了第一線社區圖書館員的活力與地方鄉鎮首長的投入，也看到了嬰幼兒父母的熱情參與，這一切都是來自Bookstart閱讀起步走幾項重要而動人的特質：

A. Bookstart閱讀起步走主張每一個孩子都有閱讀好書的權利，因此在活動涵蓋的範圍內，所有寶寶無論性別、種族、貧富都可以獲贈免費閱讀禮袋。禮袋包含兩本精選圖畫書、一本《寶寶愛看書》父母導讀手冊、一份《寶寶的第一份書單》，書單推薦的書目都是由相關領域專家所組成的選書小組慎重挑選的適齡好書。

B. Bookstart閱讀起步走是第一個針對嬰幼兒發放閱讀禮袋的運動，我們相信看書永遠不會嫌太早，小寶寶就可以看書、需要看書，也喜歡看書。因此，我們將發放對象的年齡設定為六個月到一歲半。

C. Bookstart閱讀起步走是一個社會關懷嬰幼兒的全面運動，是一個民間機構、政府、圖書館、出版社、企業等組織一起

推動的運動；也是一個家長、老師、圖書館員、醫生、嬰幼兒發展專家、出版人、閱讀義工一起參與的運動；是一個社會給孩子的共同祝福。

閱讀是孩子一定要具備的基本能力，但對這麼小的孩子，信誼相信讓父母抱在懷裡的親子共讀經驗，將是孩子一輩子最溫暖的記憶；Bookstart閱讀起步走給孩子和書最美好的第一次接觸，也為孩子播下一顆幸福的種子。信誼基金會誠摯邀請所有的父母和我們一起攜手給孩子一個有你、有書相陪的幸福童年。

信誼基金會從2005年正式成為跨國性Bookstart，嬰幼兒閱讀推廣聯盟的工作伙伴開始，推廣以來，全臺已有18的縣市加入行列，送出去的幼兒閱讀禮袋（內含：2本圖畫書、推薦書單、閱讀指導），已超過了8萬份。信誼主張：

藉由Bookstart閱讀起步走的推廣模式，可以讓平常不使用圖書館的父母為了孩子走進圖書館，以嬰幼兒閱讀推廣來帶動家庭及起他成員的閱讀習慣，更藉由親子共讀觀念的推廣，提昇臺灣社會對嬰幼兒發展與照護的全面重視。

2. 臺灣「Bookstrart 閱讀起步走」的特色

A. 以6至18個月大的孩子及其父母為對象

B. 贈送免費閱讀禮袋

閱讀禮袋內含：兩本圖畫書、《寶寶愛看書》父母導讀手冊和《寶寶第一份書單》推薦書目。《寶寶第一份書單》由相關領域的學者專家組成的專業選書委員慎重挑選的，內容涵蓋：自我概念和生活自理能力、情緒與社會能力、語言能力及感官與認知能力等各層面優質閱讀資源。

C. 以鄉鎮市公共圖書書館為贈書與推廣基地

三、教育部

　　教育部「Bookstart小一新生閱讀起步走」自2009年開始辦理，本年度繼續辦理，透過全面性大量贈書，鼓勵家長踴躍協助孩子跨出閱讀的第一步。那年全國小一新生共計 22萬 1,359人，每人均可由學校轉贈 1份閱讀禮袋，內容包括優質適齡童書以及名為「小小書精靈，帶寶貝上學去」之親子共讀指導手冊各 1本；另建置 9,039個班級的圖書角各 15種優質適齡童書，全國共計 13萬 5,585本；另外規劃補助全國 25縣市位家長量身打造舉辦的 92場「親子閱讀講座」，要和親師們分享如何和孩子進行閱讀、如何為孩子挑選好書、如何將閱讀融入生活中，以及如何透過親師合作，提升孩童對閱讀的興趣，共同營造豐富的閱讀環境，本計畫之親子手冊內容也建置在「教育部全國閱讀推動與圖書管理系統網」上，提供其他年段家長或社會大眾下載。

各縣市禮袋發送地點

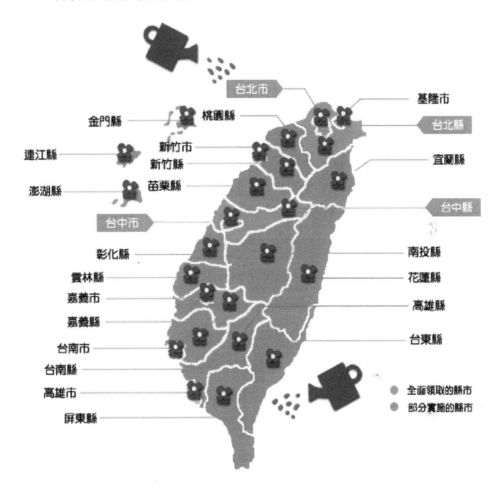

以上詳見信誼Bookstart閱讀起步走官方網站http://www.bookstart.org.tw/
index.html

陸、幼兒與閱讀

幼兒閱讀學界稱之為讀寫萌發。

讀寫萌發的概念緣起於紐西蘭的克蕾（M. Clay），克蕾於

1966年紐西蘭的奧克蘭大學（University of Auckland）所作的博士論文《萌發的閱讀行為》（*Emergent Reading Behavior*），第一次使用了「讀寫萌發」（Emergent Lieracy，簡稱EL）這個名稱（Lancy, 1994）。從1970年代起，美國開始發展這方面的研究，到了1980年代，研究更迅速增加（Teale & Sulzby, 1989）。1990年代起，國內亦有以讀寫萌發概念進行之有關幼兒讀物發展的研究。

一、Chall的閱讀發展六階段理論

對於讀寫發展的過程，不同研究者抱持的見解也各有不同。以Jeanne S. Chall（1996）為例，她認為閱讀發展階段從零歲開始，閱讀行為會產生質與量的變化。根據各階段的特殊性，她將閱讀發展分為共六階段。而本文則列與幼兒有關的第一階段。

階段別／年齡（級）	行為描述
階段一：出生到6歲（前閱讀期）	1. 約略知道書寫長什麼樣，哪些是（或像是）書寫。 2. 認得常見的標誌、符號、包裝名稱。 3. 會認幾個常常唸的故事書中出現的字。 4. 會把書拿正，邊唸邊用手指字。 5. 看圖說故事或補充故事內容。 6. 會一頁一頁翻書。

〈《故事結構教學與分享閱讀》，頁7〉

　　Chall承認自己提出的理論乃是架接於Piaget的認知理論，與Piaget的理論有異曲同工之妙。Chall也主張「閱讀是一種問題解決的形式，讀者在調適或同化的歷程中，適應環境的要求」，後一個閱讀發展階段乃奠基於前一個階段，但並不表示一定要前者發展完備才能進入下一個階段。而閱讀或學習障礙學童在階段一和二有相當大的困難。對於有閱讀困難的孩子要及早提供協助，否則拖到階段三以後，會讓孩子在各方面的學習都受到拖累，以致於原本只是識字困難，到後來聯認知發展都落後了。

　　Chall的理論，可分為三個階段：愛上閱讀、學會閱讀、閱讀中學習。

　　Chall的理論有幾點特色值得注意：（1）閱讀發展從零歲開始。打破以往閱讀準備度的說法，她並不認為閱讀是上學以後才開始的，也就是說，即便為上學接受正式的閱讀教學，孩子在無意中仍然可能學會一些書本和文字的概念，這種說法基本上呼應了讀寫萌發的主張；（2）閱讀發展是終身的。閱讀發展即使到了成人階段仍然不斷成長，此外，也並非所有的個體都能發展至

階段六；（3）發展階段對教學或評量皆具指標性的引導作用。
〈詳見《故事結構教學與分享閱讀》，頁6～8〉

二、幼兒讀寫萌發的主要慨念有四：

1. 幼兒在生活中即開始學習讀寫

　　在一個讀寫的社會，幼兒從出生幾個月就常在生活中的玩具、積木、和圖畫書中接觸文字，兩、三歲的幼兒即能辨識生活環境的符號、標誌、和一些文字，同時開始從畫圖、塗寫中試驗書寫，這些現象顯示幼兒在被正式地教予讀寫之前，讀寫即已經在生活環境中萌發。

　　而根據國內的研究，三至六歲的幼兒在未接受正式的閱讀書寫教學之前，對於環境中的文字已有高度知覺，通過組織、假設、考驗、修正等過程，而逐漸發展他們對於中國文字的概念，並起持續尋找語言代表關係的各種假設；在閱讀和書寫過程中，幼兒著重於尋找意義，他們認定文字是承載意義的媒介，對語意的關注總先於對形式的注意。

2. 幼兒學習是一種社會歷程

　　幼兒讀寫的發展，是經由讀寫在真實生活環境中被用來達成目標，讀寫的功能是學習讀寫過程的一個統整部分，幼兒會期待著閱讀和書寫是有意義的活動，知道文字是用來溝通。有關讀寫萌發的研究顯示，讀寫不只是學習一個認知技巧，而是一個複雜的「社會心理語言活動」（sociopsycholinguistic activity），幼兒早期的讀寫發展，是依據幼兒在社會方面、心理方面、語言方面、和認知方面，與其周遭環境中人們的互動和主動參與。讀寫

發展是一種文化適應的歷程，幼兒經由各種社會活動，並藉著他人的引導和協助，內化活動中使用的口語和書面語言，而逐漸增進語文能力。

3. 幼兒是學習讀寫的主動者

　　讀寫萌發的概念強調幼兒在學習閱讀和寫字的過程中，就如同他們學習說話一樣，是一個主動的參與者和建構者。幼兒在學習口語時常會發生錯誤，尤其是語法上的錯誤，反映出他們正試用著語言的知識，並試著從中尋找語言的規則。同樣地，幼兒在閱讀或塗寫字時發生的錯誤，也顯示幼兒不斷地試用著他對語法和語意的知識和規則，或根據字形的線索尋找文字的意義，或試圖建構或呈現字的樣式和特徵，有時為了保留自己所使用的規則和維持上下文的貫串，甚至連本來認識的字也可能會唸錯，其實成人在閱讀時也是用相同的策略。因此，幼兒在發展過程中的說話和讀寫表現，雖尚未完全符合成人的傳統形式，其實不能被視為錯誤，而是有創意、有邏輯的主動建構過程。

4. 閱讀和書寫相互關連發展

　　讀寫萌發的概念勢將讀和寫視為一體，幼兒的閱讀和書寫是同時相互關連發展，而不是先學習閱讀、再學習書寫。書寫者藉著建構文字，而再建構意義，閱讀者則是藉著建構被預期的意義，而再建構文字。〈詳見《幼兒讀寫萌發課程》，頁14～18〉

三、幼兒閱讀行為發展

　　兒童的閱讀行為發展，可分成下列三個階段，每個階段有其

行為的特徵：

1. **萌發的讀者**（emergent reader）

    A. 有興趣握拿著書

    B. 注意環境中的文字

    C. 將書中的圖畫命名

    D. 將熟悉的書中故事，重組自己的說法

    E. 辨別出自己的名字

    F. 辨認某些字

    G. 喜愛重複自己的兒歌和歌謠

2. **早期的讀者**（early reader）

    A. 瞭解文字是有意義的

    B. 重組故事時，常依循原作者的文字

    C. 要念書給別人聽

    D. 在各種情況中辨認熟悉的字

    E. 知道故事結構的主要因素（如：重複的形式、神仙故事、呈現問題的故事）

3、**流暢的讀者**（fluent reader）

    A. 閱讀能力建立在先前的階段

    B. 能自動處理文字的細節

    C. 能獨立閱讀各種文字的形式（如：散文、詩、電視節目、菜單等）

    D. 能以適合於文字形式的速度閱讀　　〈詳見《幼兒讀寫萌

發課程》，頁19～20〉

四、幼兒圖書的類型

1. 小小讀者的啟蒙書——硬紙頁書

硬紙頁書（Board Book）的製作與出版，從1980年代開始興盛，它專為三歲以下的孩子所設計。因此一本優良的硬紙頁書，除了外形必須兼具安全性和實用性，也要適合嬰幼兒拿捏和翻頁。同時，在內容上要清晰，易於嬰幼兒指認和理解，這樣才能吸引他們的眼光和注意力。近幾年有些書商，將適於三歲以上幼兒的暢銷書，重新包裝成硬紙頁書再次銷售，屢見二、三十頁的原書，硬被刪成十幾頁的硬紙頁書，不但失去了原書的節奏和流暢，對嬰幼兒的吸引力也不高。

2. 動動手也動動腦——玩具書

玩具書，其中一個最大的功能，就是能轉接嬰兒從玩書到閱讀書的過程，讓嬰幼兒在「玩」中進入書的世界，而體會書的樂趣。

對兩歲之前的孩子而言，「玩具」與「書」的意思沒有不同。他們怎麼去玩玩具，也會怎麼樣去玩書。這樣的平等對待，一直要等到孩子自己區分出書和玩具的獨特功能後，才會涇渭分流，孩子才會對書產生特別的行為反應，例如去翻、去看、去請求成人念，去指認固定的事物名詞等等。

3. 智識與歡樂的搖籃——童謠書

共讀童謠不僅是嬰幼兒與文學世界的首次接觸，還能提昇幼

兒的解音能力，更讓親子互動充滿純真樂趣。

4. 擊壤群唱──兒歌圖畫書

透過親子念唱兒歌圖畫書，能引發幼兒的學習動機，豐富其語文經驗和知識。

5. 掌握心靈的地圖──情緒圖畫書

親子共讀情緒圖畫書，有助於嬰幼兒自我瞭解和探索，也同時讓他們知曉有什麼不同的情緒表達方式。

情緒圖畫書的種類：

A. 自我與他人情緒的表達與指認

B. 依附關係

C. 同理心

6. 只要我長大──生活教育圖畫書

成人運用圖畫書，讓孩子學會某一種生活能力。優良的生活教育類圖畫書，不只具有工具性的效用，同時傳遞了幼兒從生理獨立到心理獨立的歷程。

7. 接下來會是什麼？──預測性圖畫書

預測性性質的圖書能幫助幼兒順暢，以及掌握這個猜測的閱讀過程，而獲得成功的閱讀經驗，進而逐漸提昇了閱讀的能力。由於具有預測性性質的圖畫書能讓孩子產生高度的參與感，能自然引發其與成人共同朗讀或自行閱讀的行為，然後從中不斷地探索語言文字的組合原則，常使用文字模式的重複、段落語句的重

複、情結的重複、重複並累進模式來引導孩子預測。因此往往成為專家推薦給嬰幼兒、甚至兒童學習語文的絕佳材料。

8. 將世界分門別類——概念類圖畫書

好的概念圖畫書，有助益嬰幼兒瞭解、整合眼中的世界。

由於這類型圖畫書是藉著圖畫來說明概念的特質，因此圖的品質和深度十分重要。好的概念類圖畫書，應能有清楚的年齡定位，也要清晰且直接的呈現出一概念所包含的：必要特質、相關特質、最佳例子，及它與其他概念間的關係。如此才有助於嬰幼兒瞭解一個概念所具備的不同訊息。最常見的概念類圖畫書有顏色概念、形狀概與空間概念。

9. 讓我們一起來數數——數數書

父母在與嬰幼兒共讀數數書時，除了會指認事務的名稱外，通常也會去一一細數圖畫中的事物數量，達到「夥伴」式的「共讀」樂趣。

能吸引住這個年齡層幼兒興趣的數數書，包含的概念要力求單純，表達的方式上要盡量直接和清晰，也具有以下幾個特點：

A. 要有凸顯得主體物

B. 成組的事物（Grouping）應顯而易見

C. 排列上應有規則　〈詳見《小小愛書人》，頁56～106〉

五、幫助孩子增進閱讀能力：

遊戲的主要意義是由內在動機引起、自動自發的；是自由選擇的；需要熱烈的參與、不是嚴肅的；著重於方式和過程、而非

目的和結果，遊戲的方式隨著情境和材料而隨意變換，其目的亦可隨時改變；遊戲是有彈性的，隨著幼兒和情境的不同而有差異；遊戲不受外在規則的限制；在遊戲中，幼兒常運用假裝的方式扮演，而超越此時此地的限制。在這樣非正式的遊戲情境，可讓幼兒因著自發的動機和需要自由選用讀寫材料，主動探究和試驗文字的功能和樣式。（見《幼兒讀寫萌發課程》，頁107）

柒、結語

從聲音、說話、說故事、語言遊戲、朗讀中逐步達成，「愛上閱讀」亦即是讓孩子在生活中學習。

兒童心理學家吉諾特（Haim Ginott，1922-1973），提出一段話：

1 生活在批評中長大的孩子，學會譴責。

2. 生活在敵對中長大的孩子，常懷敵意。

3. 生活在嘲笑中長大的孩子，畏首畏尾。

4. 生活在羞辱中長大的孩子，總覺有罪。

5. 生活在恐懼中長大的孩子，鬱鬱不樂。

6. 生活在忍耐中長大的孩子，富有耐心。

7. 生活在鼓勵中長大的孩子，滿懷信心。

8. 生活在讚美中長大的孩子，懂得感激。

9. 生活在正直中長大的孩子，有正義感。

10. 生活在安全中長大的孩子，有信賴感。

11. 生活在讚許中長大的孩子，懂得自愛。

12. 生活在被愛中長大的孩子，學會愛人。

〈見http://tweb.ssps.tp.edu.tw/teacher/yfhuang/new_page_5.
htm〉

參考書目

1. 《小小愛書人─0～3歲嬰兒幼兒的閱讀世界》李坤珊著　臺北
　　市　信誼基金出版社　2001.4

2. 《幼兒讀寫萌發課程》黃瑞琴著　臺北市　五南圖書出版股份有
　　限公司　1997.8

3. 《用腦，要用對方法！》茂木健一郎著　葉韋利譯　臺北市　時報
　　文化出版企業股份有限公司　2009.7

4. 《我們如何學習：全視角學習理論》伊列雷斯著　孫玫璐譯　北
　　京市　教育科學出版社　2010.6

5. 《我愛書》安東尼‧布朗　文圖　高明美譯　臺北市　臺灣英文雜
　　誌社有限公司　1996.6

6. 《孩子在生活中學習》多洛西‧羅‧諾特、賴修‧賀立斯
　　著　吳淑玲譯　臺北縣　新迪文化有限公司　1999.4

7. 《孩子們因此而生》加藤諦三著　林真美譯　臺北市　臺灣東販
　　股份有限公司　1993.1

8. 《故事結構教學與分享閱讀（第二版）》王瓊珠編著　臺北市
　　心理出版社有限公司　2010.9

9. 《與幼教大師對談──邁向專業成長之路》Lilian G. Katz著　廖鳳瑞譯　臺北市　信誼基金出版社 2002.10

10.《關鍵七招，孩子真好教》袁巧玲著　臺北市　天下遠見出版股份有限公司 2009.4

11.《歡樂學習，理所當然》洪蘭著　臺北市　天下遠見出版股份有限公司 2004.6

（編按：此篇為演講稿。）

國家圖書館出版品預行編目（CIP）資料

兒童文學與閱讀. 一 / 林文寶著；張晏瑞主
編. -- 初版. -- 臺北市：萬卷樓圖書股份
有限公司, 2021.12
　　面；　　公分. --（林文寶兒童文學著作集.
第二輯）
ISBN 978-986-478-581-0(全套)
ISBN 978-986-478-578-0(第六冊：精裝)

1.兒童文學 2.兒童讀物 3.閱讀指導

　863.59　　110021568

林文寶兒童文學著作集　第二輯　書目編

兒童文學與閱讀（一）

9 789864 785780

作　　者　林文寶
主　　編　張晏瑞

出　　版　萬卷樓圖書股份有限公司
發行人　林慶彰
總經理　梁錦興
總編輯　張晏瑞
聯　　絡　電話 02-23216565　　　　傳真 02-23944113
　　　　　網址 www.wanjuan.com.tw
　　　　　郵箱 service@wanjuan.com.tw
地　　址　106 臺北市羅斯福路二段 41 號 6 樓之三
印　　刷　百通科技股份有限公司
初　　版　2021 年 12 月
定　　價　新臺幣 12000 元 全套八冊精裝 不分售
ISBN　978-986-478-581-0(全套)
ISBN　978-986-478-578-0(第六冊：精裝)